DIAS DE CLARICE

DIAS DE CLARICE

ANA CORUJO

editora ÉVORA.

Publisher

Henrique José Branco Brazão Farinha

Editora

Cláudia Elissa Rondelli Ramos

Preparação de texto

Cláudia Elissa Rondelli Ramos

Revisão

Mariane Pereira

Vitória Doretto

Diagramação

Know-how editorial

Capa

Estúdio Sopros

Ilustração de capa

Isabella Navarro

Impressão

Renovagraf

Rua Sergipe, 401 – Cj. 1.310 – Consolação

São Paulo – SP – CEP 01243-906

Site: http://www.evora.com.br

E-mail: contato@editoraevora.com.br

Dados Internacionais de Catalogação na Publicação (CIP)

(Câmara Brasileira do Livro, SP, Brasil)

C831d	Corujo, Ana
	Dias de Clarice / Ana Corujo. - São Paulo : Évora, 2021.
	132 p. : 16cm x 23cm.
	ISBN: 978-65-88199-09-1
	1. Literatura brasileira. 2. Romance. I. Título.
	CDD 869.89923
2021-3934	CDU 821.134.3(81)-31

Elaborado por Odilio Hilario Moreira Junior - CRB-8/9949

Índice para catálogo sistemático:

1. Literatura brasileira : Romance 869.89923

2. Literatura brasileira : Romance 821.134.3(81)-31

Dedico este livro a todos que buscam olhar
a vida e o amor de uma forma diferente.

Agradeço a minha família e amigos
que fazem os meus Dias de Ana,
a melhor história que eu poderia ter.

"A realidade tem um sabor que a imaginação não sabe."

Prólogo

Obrigada pelas suas palavras, obrigada pelo cuidado, obrigada pelo privilégio. Mas palavras não me atendem hoje, não as quero mais. Estou cheia de uma vida só de mim. Entendo e respeito o seu momento. O seu, o dele, o daquele e daquele outro também. Anos entendendo e recebendo aplausos, amizades e palavras. Admiração infinita e cumplicidade. Sempre pude acompanhar os compreendidos em suas paralelas histórias a dois, a um, ou com todas.

Agora não quero mais me alimentar de amores não escolhidos por mim, porque cansei de não ser escolhida pelas minhas escolhas. A vida anda brincando de gato e rato comigo há anos e eu nunca vou descobrir o porquê. Já cheguei a pensar se era eu quem fugia, mas tenho certeza que não. Acabou que fiz dela um circo, me divirto, mas o papel de palhaça acabou. São provas diárias e recomeços. Aplausos para quê? Cansei dos palcos. Sugaram minha alma de tanto que compreendi e me doei pelo simples fato de sonhar. Sempre fui daquelas que agarram os sonhos em busca de algo maior. O algo maior acontece, mas no final resta um, eu sozinha no quarto vazio, me doando para que os outros ajeitem suas vidas.

Não tenho problemas em ser forte, mas que seja para a construção do meu castelo, lindo, cheio de movimentos, histórias, formas, coisas tangíveis, reais. Não literatura ou e-mails. Não quero mais achar que preciso fazer isso ou aquilo, ou ser isso ou aquilo para acontecer isso ou aquilo. Os errados também acertam.

Enfim... me estendi, verbalizei, ou diria, vomitei sentimentos engarrafados sem pensar muito. Aconteceu algo sim que me deixou assim. Não foi você. Não é você. Nunca te dei essa responsabilidade, pois sempre soube o que você escreveu tão decididamente em seu e-mail. Mas por que não poderia ser você? Alguém plug and play que simplesmente encaixou? Não para preencher um vazio como tantos acham, mas sim para receber esse meu excesso que transborda, mas que cansou de ser capital de giro de mim mesma. Acho muito egoísmo somente eu aproveitar o melhor de mim. De qualquer forma não tenho dúvidas de que sou o melhor que poderia ser hoje e me orgulho de cada gota de seja lá do que sai aqui de dentro, sem vergonhas.

Próximos passos... Deixe a vida caminhar... Não precisa ter obrigações comigo. Nosso espaço foi construído e a liberdade também. Vamos deixar caminhar, mesmo que seja no ritmo do andar de um bêbado...

Um beijo e, mais uma vez, obrigada pela troca,

Clarice.

E apertei o "enviar". Foi assim que tudo se foi, que tudo acabou. Na verdade, nem sei se acabou. Atualmente me vejo perdida tentando entender se as coisas estão pueris, se por serem densas demais dissolvem, escorrem pelos dedos e acabam, ou, sei lá, estão paradas nas prateleiras.

Forte, profunda, cheia... como você mesmo disse, de pueril sua vida não tem nada – esta foi a frase – mas agora preciso solar... então fica aí como um bolo solado, sozinho. Por vezes fui o sol para você. Não seria ao meu lado que você deveria solar? Claro que não! Estou em outro momento... entendi que você precisa ficar só, pois, nunca esteve só e só assim vai se encontrar. A pessoa tem 45 anos e nunca se encontrou? Ok. Passamos 24 horas com nós mesmos por uma vida toda e mesmo assim não conseguimos nos entender. Vou questionar os encontros de seus desencontros? Cansei de querer entender o óbvio por metáforas. Em tempos de vidas rasas, se jogar de cabeça fica perigoso mesmo – já dizem as frases nas redes sociais.

Por falar em redes sociais e tecnologia, ninguém mais mora sozinho, ninguém mais não é visto – mesmo que não possa ver. Preferimos o silêncio às palavras, as palavras à ação e a ação ao tédio.

Vai entender este mundo moderno. Está tudo indo tão rápido que o livre arbítrio virou uma prisão da aceitação dos acontecimentos. Estou precisando parar de ser essa que já nem sei mais quem é. Virei uma desconhecida de mim mesma. Estou misturada, confusa, sufocada. Não suporto me sentir assim, estranha. Até a minha essência (posso perder o amigo, mas não a piada) estou enquadrando no politicamente correto exigido atualmente.

Li outro dia um diálogo ótimo: "Te amo como amiga... e então, vai se fuder como amigo". Este tinha que ser o final do e-mail, mas não... Clarice Pollyanna, a compreensiva, ainda coloca: "obrigada pela troca". Que troca, se ele quer solar? O maestro, a última bolacha do pacote, o último tomate orgânico da feira, quer solar. Enfim, estamos dando fermento demais para essa classe masculina em pura dominação.

Mas eu poderia até sorrir para ele, afinal ele não me enganou, ao contrário, me viu e gostou, me enxergou tanto que conseguiu quase prototipar a certeza de que não me queria. Pior que um fora é enxergar a materialização do não. Mesmo assim, um lado meu queria abraçá-lo e falar: vamos sim andar de mãos dadas como amigos. Pode sim me ligar quando estiver deprimido, chorando, precisando de colo. Tenho sim um fluxo de caixa de luz e força sobrando para te dar.

Querido Deus, se ainda tiver compaixão por mim, venho por meio desta pedir para vir, na próxima encarnação, como cachorro de madame. Não deve ter coisa melhor – um ser irracional, sem qualquer obrigação, que não fica sozinho, vive em salões de beleza, tem casa, comida, amor, passeia, não precisa trabalhar... tudo isso por uma abanadinha de rabo e uma lambidinha. Mulher, além de abanar o rabo e dar uma lambidinha, precisa malhar o rabo, dar uma de Daiane dos Santos na cama, ser uma executiva durante o dia, cuidar dos filhos, ganhar dinheiro, cuidar da casa, da comida, fazer supermercado, estar sempre linda, falar pouco, não reclamar e ainda estar de bom humor sem sair do salto na TPM. Realmente, cachorro de madame é a classe mais evoluída da reencarnação. Não concorda, Allan Kardec?

Trinta e oito anos de idade, à beira dos quarenta e de um ataque de nervos. Idade ingrata, uma panela de pressão interna e externa. Hoje não estou assim, mas há alguns anos sentia-me tão plena, realizada, consciente do que sou, mas tão vazia ao mesmo tempo. Queria poder separar hoje o que é de fato necessidade na minha vida do que é desejo. Ir para a Tailândia é um desejo, pagar minhas contas uma necessidade. Emagrecer três quilos, um desejo, viver um amor... uma necessidade?

Quando não sou amiga, sou objeto de desejo. Para uns sou cheia demais, tanto que, para se fazer entrar e preencher, é preciso que haja algum espaço vazio. Do outro lado sou apenas algo oco, um buraco vazio de prazer, onde o caminho é o desenho de uma cama com um GPS que só sabe percorrer as curvas do meu corpo. Cheia e oca, demais e de menos. Vivo nas extremidades de uma vida linear.

Estou cansada. Mas se eu parar a vida não para, continua cobrando resultados de você ser quem você não é. Tantos questionamentos para quê, se vivemos no automático?

Eita mundinho moderno irônico, me deu até vontade de rir. Para que tantos questionamentos se vivemos no automático? Não seria mais fácil seguir como vaquinhas de presépio? Nos questionamos tanto, mas alegamos que a vida não nos dá tempo de mudar. Que paradigma.

Pressão no trabalho, para pagar as contas, nos relacionamentos. Queremos para ontem o que não entendemos hoje e que nem sabemos se vamos precisar amanhã.

Fechei o computador, a resposta foi dada e mais uma história que nem começou se encerra sem final feliz e sem um vai se fuder como amigo.

Trinta e oito anos, dois relacionamentos que morei junto, um já perdi a conta de quantas histórias que não eram para ser. E quando será?

Capítulo 1

Outro dia estava escutando Lurdinha reclamar de sua sogra, um blá blá blá sem fim de como a sogra se metia dando pitacos na criação das crianças e sobre suas visitas inesperadas. E eu pensei cá com meus botões, como eu queria ter uma sogra para chamar de minha e poder reclamar dela. Acho que se eu fosse Lurdinha estaria reclamando da sogra, e acho que se ela fosse Clarice também estaria pensando a mesma coisa.

Tudo que é mais seguro a gente segura mais fácil.

Por que o ser humano é inquietamente insatisfeito? Para o mundo regredir na evolução? Deve ser. A liberdade nos priva de muitas coisas, pois, vem acompanhada de medos desconhecidos. As regras são sabidas, seguras, mas se for regra, reclama-se pela falta de liberdade. Eita mundinho moderno complicado — de novo.

Sou uma mulher comum à primeira vista. À segunda, não sei. Do avesso, vai saber? Venho de uma família classe média alta, de pais casados, três irmãos e muitos sobrinhos. Sou a caçula de uma escadinha, o que não me faz ser tão caçula assim. Acho que se fosse a do meio, tudo bem, pois em família de quatro filhos não existe o do meio, mas sim os do meio. A pressão pelo "ainda não casou" seria maior. Não deve ser nada agradável ver a sua irmã mais nova, mais chata e implicante casar antes de você, ou ver a sua irmã mais nova, mais legal e companheira te fazer lembrar todos os motivos pelos quais você ainda não casou.

Às vezes fico querendo casar só para aquela tia chata parar de pentelhar a minha paciência perguntando o porquê de eu ainda não ter casado. Acredito que essas tias chatas vêm com esta missão na vida: ser um papagaio de pitacos infelizes. A cada comentário destes tenho que pagar um ano a mais de terapia. Me pergunto se em poucos anos as crianças nascerão com um celular na mão e um terapeuta ao lado.

Fui visitar a Martha, minha amiga. Ela está grávida. Quando se tem 38 anos, seus principais compromissos são chás de panelas e bebês (mais de bebês agora), idas a maternidades, batizados, visitas e festinhas infantis. Seus maiores gastos são em lojinhas de crianças comprando presentes para sobrinhos, afilhados e filhos de amigos. A vantagem de quem está do outro lado é que você não tem brinquedos como peças decorativas, choros ou noites sem dormir. Você pode, na santa paz, beber um vinho pelada vendo a sua novela na sala, sem nenhum chato dizendo que novela é perda de tempo.

Mas Marthinha fez o seguinte comentário:

– Ai, amiga, queria tanto que você encontrasse alguém para ser feliz assim como eu sou...

Nestas horas até eu fico com pena de mim: quando passo a achar que tenho um problema porque o outro acha que tenho um problema. As estatísticas são claras, existe mais mulher que homem no planeta. Nem vou fazer uma busca para passar os dados reais brasileiros, porque já estou suficientemente consciente em saber que tenho quase 40 anos, sequer conheci meu futuro, seja lá o que for, que não tenho tempo para viajar pelo mundo com ele e que nem sei se posso ainda congelar os meus óvulos. Além disso, morar em qualquer Zona Sul brasileira está pela hora da cara, o mercado de trabalho te paga como um Zé Mané da esquina, mas te cobra como Steve Jobs, afinal, o carinha morreu e ficou uma lacuna aí no quesito empreenda-se e surpreenda-me no mercado capitalista. Isso quando não vem um Millenials plugado em setecentos aplicativos mostrando o quão obsoleto você está em seus plenos trinta e "poucos" anos... definitivamente preciso de um drink.

Após um drink e um Rivotril, resolvi relaxar. Esqueci Marthinha com sua felicidade, Lurdinha com sua sogra e todos os carinhas pretensiosos que não me quiseram: "Obrigada Puta que Pariu por aceitar todos que mandei para você..."

Seminua na minha sala com uma taça de vinho na mão, resolvi aproveitar a positividade para solar na solidão.

Nem sempre estar sozinha é uma não escolha. Posso dizer que em alguns casos, como no do fulano do e-mail, seja um mal necessário... Ou uma desculpa de quem está tão vazia (não seria o mesmo, estou falando do fulano), que precisa muito de si para se preencher. Mas, tenho certeza que em dois ou três meses vou encontrá-lo na rua com sua nova e deslumbrante namorada, que não será eu, com um sorriso de felicidade no rosto. Já vi esse filme quantas vezes mesmo? Ihhh perdi a conta... E eu? Encalhada, claro!

Bom, mas nem tudo são espinhos. Claro que não. A liberdade de alma é algo maduro. Bom ser maduro, não acha? Eu acho. Tem coisas que só a maturidade te traz e não são só as estrias, rugas, um metabolismo desacelerado e a flacidez. Ela te faz descobrir o que não te serve mais, a ser mais seletivo, e a cortar o que não é para você. Aprendemos a administrar o tempo, as emoções e o melhor: aprendemos a dizer não. Só a maturidade te dá a segurança de dizer um não e arcar com as consequências, que deixam de ser consequências e passam apenas a ser o resultado de uma escolha consciente. Já dizia Charlie Brown: "Cada escolha, uma renúncia" será feita e a maturidade te dá essa sabedoria de tornar as coisas mais leves e de menor renúncia.

Deixamos passar tantas coisas despercebidas e assim despercebemos o que de fato devemos perceber.

Outro dia estava na praia e vi uma criancinha com a avó observando o mar. O menininho, de uns três anos, perguntou: "Vovó, o moço está varrendo o mar?". O moço estava fazendo *stand-up* na praia, passeando e varrendo a alma de toda uma vida dele, seja ela qual for. Mas o olhar da criança, sua lógica e poesia é algo que encanta quando não deixamos passar despercebido.

Gosto do olhar das crianças, de observá-las. Tenho quatro sobrinhos, um que já se acha adolescente. Sou a tia louca e divertida, a que foge às regras dos pais, a politicamente incorreta, que morre de culpa muitas vezes por falar o que a maioria das pessoas não tem coragem de dizer. Meus irmãos odeiam que eu estimule este olhar, inocente, puro, livre de preconceitos e essencialmente espontâneo. Eles estão preocupados com a socialização das crianças, produtividade, raciocínio lógico, em aumentar as qualificações e desenvolver aptidões – em prepará-los precocemente para o mundo competitivo e voraz.

Acho que não vou conseguir fazer meus irmãos entenderem que o que devemos trabalhar nas crianças é a grandeza de alma delas, pois, só quem tem alma se transpõe, se supera, se conecta, faz a diferença, cria experiências. O sucesso é um resultado natural disso, não uma meta. Mas, vai fazer meu irmão Zé entender isso? Zé está preocupado se a Luisa, minha sobrinha de cinco anos, será médica, adepta da comida orgânica e com menos de seis por cento de gordura no corpo. Fora as cinco línguas que ela terá que falar, além de ser a primeira bailarina da classe. A Luisa adora cantar, Zé! Tem um ouvido nato, aprende a tocar instrumentos e tem um olhar observador que poucas crianças têm. E que abraço! Não vivo sem aquele abraço apertado e do "Titia, posso cantar uma música para você?". Pode cantar todas as músicas do mundo, Luly! Pena que ninguém te ouve, né? O não escutar começa desde criança, aprenda isso, minha querida.

As crianças deixam de ser crianças tão crianças ainda, que pena. Crescem e se enrijecem. Mas, como sou a tia encalhada, sem filhos, opinar sobre a educação mirim alheia é muita pretensão. Prefiro me recolher a minha humilde insignificância, afinal, estou pesquisando se ainda posso congelar meus óvulos ou se corro mesmo o risco de ser congelada para a maternidade. Mas isso é outro papo, ou outro drama.

Imagino que não seja fácil criar um filho, acredito que dar pitaco na vida e casamento do outro é mais fácil, assim como é facílimo ficar aqui amargurada solando a infelicidade e esquecer completamente o quão bom é saber ficar a sós, cheia de si na maturidade.

Tudo bem que hoje estou com uma sensação, sei lá, de que está tudo meio *coisando*. Mas, apesar de estar totalmente fora do eixo, consigo separar e reconhecer meu eixo perfeitamente, só não sei onde ele anda se escondendo cá dentro de mim. Se alguém achar, me avisa que vou buscar.

A minha preocupação é saber ficar sozinha. Tantas verdades e palavras. Mas qual ser humano que não quer aprender a ficar sozinho, mesmo sabendo que não quer ficar sozinho? O nome disso é autopreservação.

Atingi meus 38 anos e posso me considerar uma ótima arquiteta de histórico interessante. Desde pequena era inquieta e não sabia fazer uma coisa de cada vez. Enquanto escutava as aulas do colégio, ficava desenhando objetos geométricos ou paisagens. Meus traços iam tomando forma e quando achavam que eu não estava prestando a atenção, eu ia lá e respondia as perguntas mais cabeludas da professora. Sei lá, precisava fazer alguma coisa para ficar concentrada em outra. Anos depois descobri que o que achavam que era um cacoete, ou desinteresse, nada mais era que um mecanismo de concentração, e que pessoas muito inteligentes precisavam desses mecanismos para não perderem o foco. Por acaso ao ler esse artigo, descobri que era muito inteligente. Arrogância baseada no artigo ou não, nada mal descobrir que o que aparentemente parecia descaso era inteligência acima da média.

Sempre tirei boas notas nos estudos e sempre fui ligeira nos comentários, principalmente os sarcásticos. Minha mãe vive me dizendo que o menos é mais, mas sou do tipo que mais é mais e menos é um tédio — tenho até uma plaquinha no meu quarto com essa frase. Adoro frases. Mas, o que adoro mesmo, são pessoas; lê-las, entender seus sonhos e inquietações. O meu tempo sempre foi diferente do tempo cronológico dos outros e pode ser por isso que me sinto perdida no tempo.

Logo depois que me formei no colégio, decidi que faria faculdade de arquitetura em Nova York.

— Pai, vou para Nova York fazer faculdade de arquitetura. Minha *application* foi aceita.

Meu pai, sem saber de nada, se espantou. Zé Ricardo, meu irmão mais velho, fez medicina e é cirurgião neurológico como ele. Matheus, meu irmão do meio, fez economia e trabalha no BNDES. Laura, minha irmã do meio, também fez medicina e é uma das mais famosas dermatologistas da cidade. Já eu, a caçula da escadinha de nem seis anos de diferença entre todos, resolvi fazer arquitetura em Nova York. "Mas ninguém da família é arquiteto, de onde você tirou essa ideia, Clarice Flores?", foi o que todos perguntaram.

Tirei dos meus sonhos. De entender o contexto, as necessidades de alguém. De transformar ideias em facilidade, praticidade, forma, beleza inserida no dia a dia das pessoas. O arquiteto transforma e eu sempre fui da transformação e não da ciência. Gosto de falar de ideias e não de fatos, logo, arquitetura era a ideação de todos os meus sentimentos, entenderam Flores? Deixem eu plantar o meu próprio jardim.

Nunca fui de seguir padrões, mas sempre busco respeitar as pessoas e as diferenças. Às vezes erro no tom, mas acredito que nas diferenças, no que foge ao padrão, é que nasce a criação, que se inova, transforma, desconstrói e encanta. Quando não sei, pergunto. Quando não gosto, falo. Quando gosto, falo também, e costumo rir das minhas próprias piadas. Sou curiosa que só e sempre acho que existe algo a mais, que podemos ser maiores. Nas horas vagas faço cerâmica, algumas esculturas. Gosto de dar forma aos meus sentimentos; luz ou sombra.

Mas o que tem de tão errado comigo que parece que a vida não anda?

Capítulo 2

— Clarice, como está a obra da Maria Marcondez? — perguntou Alvarez, sócio-diretor do maior escritório de arquitetura do Rio de Janeiro.

— Dentro do cronograma, Alvarez. A equipe que está com o projeto dela é a melhor do nosso escritório. Aconteceu alguma coisa?

Tenho certeza que aquela "Maria Faz Nada" deve ter reclamado de algo. Tudo bem que obra sempre dá muito problema e eu preciso ficar à frente, na chefia. Acompanhar de perto, em campo, é a parte que menos gosto em um projeto de arquitetura. Ainda mais em uma obra de Maria Marcondez — a socialite preferida dos blogs de comportamento.

— Ela me ligou. Disse estar surpresa com a agilidade na obra, mas que está preocupada com os acabamentos — disse Alvarez, colocando aquela mão peluda em meu ombro.

— Alvarez, a obra ainda está na parte da empreiteira, nem começou a de arquitetura ainda, como ela pode estar preocupada com os acabamentos? — E olhei para ele com uma cara: "você sabe que eu sei que você pensa como eu, mas que por ser meu chefe precisa falar essa informação sem propósito, só para constar".

— Só tenha mais atenção no projeto dela... por precaução — E saiu.

Existem certas coisas dentro do modelo hierárquico que só existem por pura hierarquia, porque nas entrelinhas da verdade, do que de fato é, essas *hierarquices* são totalmente dispensáveis. Mas também, se não existissem acabaríamos com a meritocracia, e não sei se o mundo sem meritocracia se autossustenta. Essas discussões são sempre polêmicas, principalmente quando colocadas na mesa de um bar, pior ainda quando colocadas em redes sociais; guerras digitais acontecem. Confesso que às vezes gosto de jogar um assunto assim por pura observação de como as pessoas opinam e reagem. Acho bonita e muito interessante a diversidade, mas quando entra a hipocrisia, aí quem se irrita sou eu. Enfim... papo de chope. Adoro chope!

Estou na Arquétipos Arquitetura há quase dez anos. E como casei com o trabalho, em pouco tempo virei a arquiteta número um da agência. Não sou sócia, eles não são da política de participação nos lucros ou associações. Te pagam quanto eles acham que você vale e você entrega muito além. Simples assim. Confesso novamente que nunca me importei muito com isso, porque algo dentro de mim, até hoje, nunca quis se associar a eles e a certas coisas. E este mesmo algo dentro de mim sempre quis estar livre para se levar por aí, caso necessário – minha escolha profissional me dá, de certa forma, essa autonomia de ir e vir sem muitas fronteiras.

Porém, posso dizer que estou no gerúndio da crise destes muitos anos de relacionamento que deixou de ser pura paixão e passou a ser puro tédio comercial. Ando cansada da mesmice do trabalho de design de interiores para casas e apartamentos de luxo da Zona Sul e Oeste do Rio de Janeiro, de pessoas sem luxo algum de alma.

Acredito que quando se está próximo dos quarenta, essas coisas de alma ficam ainda mais fortes. É como se tivéssemos uma crise de consciência de que não podemos mais enganar a nós mesmos. Aprendi muito nos meus anos na Arquétipos, mas acho que me acomodei, cresci gerencialmente e financeiramente, mas perdi a liberdade e a alma daquela jovem que foi para Nova York, fez mestrado em Barcelona e se apaixonou por um argentino de nome Marcus, com quem viajou a Europa toda com as mochilas nas costas e pouco dinheiro. Onde foi parar aquela moleca que desbravou inseguranças e foi arrematada pelas mais verdadeiras paixões?

Ao longo destes dez anos, fui deixando de lado o brilho da criatividade latente, a reinvenção constante e as grandes paixões... hoje percebo que me engessei no comum, no seguro. Se eu estivesse feliz com isso não teria nenhum problema, pois, o simples é muito mais confortável e fácil. A minha palavra momentânea seria inquieta. Pensei em amarga, mas inquieta é mais adequada. Não faço o perfil amargurado. Posso até ser reclamona, uma reclamona inquieta. Ok. Ansiosa também. Às vezes acho que meu tempo é bem mais acelerado do que o curso normal da vida.

Meus anos em Nova York foram essenciais. Lá, além de estudar, me virei de todas as formas. Nova York, por mais dura, solitária e voraz que seja, tem uma democracia de valor impressionante. Dinheiro vale dinheiro e trabalho vale trabalho, sem qualquer vergonha. Todos trabalham e sonham, e nada mais óbvio que entender que sonhos se conquistam com muito trabalho.

Tem gente que não aguenta, mas os que sabem saborear as diferenças e sambar nas dificuldades levam Nova York no sapatinho. Acho que a idade influencia e muito. Um jovem formando tem muito mais desprendimento do que uma não mais jovem de 38 anos. Hoje eu não suportaria *be a Yorker or be a New York City Girl*. O estilo *Sex and The City* faz parte de outro tempo da minha vida. Hoje eu quero plantar manjericão na minha varanda e estou planejando uma viagem para Cuba. Como posso não ter ido a Cuba ainda? Ok, foi por pura falta de companhia. Mas finalmente irei a Cuba só com meu pai e acho que essa experiência será única.

Ao contrário dos meus irmãos, sempre gostei de viajar. Enquanto eles se enraizaram em suas vidas, famílias e mesmices, cortei todos os cordões umbilicais possíveis para poder me alimentar de muita diversidade cultural. Cada viagem que fiz, cada lugar que conheci e experimentei, cresci, mudei, agreguei. Todas as vezes que voltava para casa, seja ela qual fosse, sentia que voltava uma pessoa melhor. Será que fiquei tão boa, tão boa que ninguém é compatível comigo? Será?

Brincadeiras à parte, apesar de meu status atual ser o limbo, nunca deixei de rir de mim mesma e fazer piada das coisas. Se não fizermos graça das desgraças, que graça tem?

Tive belas histórias de amor. Não tenho dado sorte nos tempos atuais, mas não posso me queixar.

Foram cinco anos de Nova York. Bom, já que vou falar minha vida amorosa toda, voltemos ao início.

Dei meu primeiro beijo com quinze anos, na festa de debutante da minha prima Roberta. Foi em um garoto da escola dela, que eu era apaixonada. Nos beijamos no jardim, depois da valsa. Foi até bem romântico. Chegamos a ter um breve namoro que acabou quando descobri que ele foi ao cinema com uma outra menina, amiga de minha prima. Sempre fui muito próxima da Roberta, por termos a mesma idade. Mas, com minhas viagens, anos morando fora e sua ida para Brasília por causa do trabalho e do seu casamento, nosso contato ficou mais pelas redes sociais.

Depois do primeiro beijo vieram muitos. Eu ia às festinhas, saía, dava uns beijinhos, mas foi só com meu primeiro namorado, aos dezessete anos, que perdi a virgindade ao som de Lulu Santos, na cama de solteiro. No dia seguinte, fiquei colando coraçõezinhos na agenda.

Vivi até Nova York esse primeiro amor, um namoro ótimo com Luiz Otávio, que se tornou um excelente advogado. Casou, tem dois filhos e às vezes esbarro com ele e a família passeando na Lagoa. Continua igual, mentira, não continua, ficou careca e barrigudo, mas mesmo assim continuo achando ele um charme. Minha mãe disse que tomou um susto quando o viu recentemente, não acho para tanto, mas ela será sempre mais exagerada que eu.

Luiz Otávio me fez muito feliz, me ensinou o que era amar, trocar, pensar como um casal e muito do que sei sobre sexo. Sempre nos demos bem neste sentido, é muito bom reconhecer que fui muito bem iniciada, obrigada. Nunca terminamos, até eu decidir que ia para Nova York sem avisar. E assim, ele seguiu a vida dele, quase que me odiando, e eu a minha.

Foram quase seis anos em Nova York. Nos dois primeiros não quis saber de namorar, queria sair, fazer amigos, aproveitar a cidade e a New York University (NYU), o sonho de faculdade de qualquer um. Eu morava em Greenwich Village e amava. Na época o bairro nem era tão popular e *cool* como é hoje, mas sempre foi *vintage* e charmoso suficiente para mim e para Pérola, uma peruana queridíssima com quem morava e mantenho contato até hoje.

Experimentei Nova York, vivi a cidade e fiz todas as merdas que uma adolescente nada perdida podia fazer. O curso de arquitetura tinha um direcionamento para a área urbana e, por isso, fazia muitas outras aulas mais ligadas à arte, design de interiores e filosofia da arte. Entre um curso e outro trabalhei de garçonete, de *baby-sitter*. E o trabalho mais legal e que fiquei por mais tempo foi em um albergue. Lá conheci muita gente, muitas línguas e também o Timmy, um outro estudante da NYU.

A vida no albergue era uma festa. Amava o trabalho na recepção e administração. O que passava de brasileiros e gente jovem de todo o mundo por lá, perdi a conta. Aquele lugar pulsava, era vivo e colorido; as paredes não falavam, cantavam.

Meu pai quase enlouqueceu no Brasil durante todo o período que fiquei fora e minha mãe tentava fazer com que ele não enlouquecesse, enquanto o enlouquecia. Ele queria que eu fosse advogada. Não sei por que sempre querem que um dos filhos faça Direito. Deve ser o inconsciente que diz: faça Direito. Como se só por uma escolha de profissão o filhote vai ser alguém certinho na vida. Não fiz nem metade das coisas que meu pai imaginou. Teve uma vez que ele me perguntou se eu estava usando drogas, por causa de um artigo que leu... tive que rir. Mas pai é assim, sai uma notícia de um viaduto que caiu no Centro, você pode morar do outro lado da cidade que ele vai achar que você poderia estar lá naquele exato momento. Meu pai não entendia que impulsividade é diferente de imprudência, assim como intensidade.

Pensando melhor agora, acho que acabei saindo de casa cedo, pois, nunca senti que meus pais, no caso meu pai, afinal, minha mãe é um espelho do que ele quer, confiavam de fato em mim. Não sei se eles são capazes de aceitar genuinamente as pessoas como elas são. Nunca me faltou amor, nunca me faltou aplausos, ou palavras de incentivo. Mas sempre senti que minhas escolhas eram motivos de preocupação. Como se eu nunca pudesse ser quem eu era ou escolhi ser. Cada espaço era conquistado. Cresci em uma família maravilhosa, de muita cumplicidade e afeto, mas acho que me encaixava mais no mundo do que em casa. Engraçado, nunca tinha parado para pensar sobre isto. E não sei se gostei do que acabei de descobrir.

Bom, mas no albergue conheci o Timmy, um americano de cair o queixo, de Lousiana, que estudava engenharia e tocava saxofone. Às vezes me pergunto se os músicos, no caso os que escolhem o sax como instrumento, e os que cozinham, fazem isso porque gostam, por vocação, ou para seduzir as mulheres. Acredito que a terceira opção possui maior estatística. O cara pode ser estrábico, não ter o dente da frente e mesmo assim achamos sexy. Timmy, além de tocar sax, era o *bartender* do albergue e fazia aquelas acrobacias ao preparar os drinques — gato, alto, inteligente e muito, muito sexy. Timmy tocava sax pelado, próximo à janela, depois do sexo. Tem como não se apaixonar? Eu ficava enrolada nos lençóis vendo aquele corpo perfeito (ok, meio branquelo) nu, tocando sax. Ele costumava tocar blues e até bossa nova por minha causa.

Foram quase três anos de história. No início foi meio bagunça, aliás, ele queria bagunça. Eu sempre quis romance. Sou aberta, mas não sou liberal, esta é uma outra coisa que muita gente confunde. Vou passar a andar com um dicionário embaixo do braço, para ler a definição de algumas palavras em certos momentos.

Timmy era muito assediado no albergue. Com muita gente de passagem, eram inúmeras as possibilidades de aventuras e ele não queria perder isso. Ao mesmo tempo, sempre soube que se apaixonou por mim. Nem ele conseguia disfarçar.

Tive que ter paciência para conseguir me fazer mais especial. Dou um certo crédito a Gretchen que me ensinou a rebolar e ao samba no pé que o deixava de queixo caído cada vez que eu dançava. Brasileira tem um *borogodó* especial. Mas, como exercício de paciência nunca foi o meu forte, é possível imaginar o quanto sofri para aguentar essa indecisão toda com cara de paisagem. Na época meu cabelo era Chanel e eu sempre o jogava no rosto para não ver certas coisas. Ok, ainda uso Chanel e ainda jogo o cabelo na cara.

Na verdade, não tive muita opção. Timmy estudava e trabalhava comigo. Não podia fugir dele e não queria. Mas, aos poucos, as coisas foram se ajeitando. Ou melhor, tudo só se ajeitou quando apareceu outro interessado na história e Timmy, pela primeira vez, achou que podia me perder. O mundo roda, roda e é sempre a mesma coisa, só dão valor quando acham que vão perder. Todos dizem que querem segurança e confiança e quando se tem... "Ai, não sei, não quero, acho que estou num outro momento, passa mais tarde...". É só entrar outra testosterona na jogada, que: "Opa! Este território é meu. Vai mijar em outro poste".

Bom, e foi assim que minha história com Timmy deu liga, laço ou sei lá. Em poucos meses fomos morar juntos e Pérola teve que arrumar outra amiga para dividir a casa.

Timmy morava num loft super charmoso e me convidou para morar lá com ele, quase tive um filho quando ele falou isso; na hora logo pensei que era a bebida ou que tinha batido a cabeça e que no dia seguinte tudo estaria igual: eu com Pérola e ele no loft. Mas, não... o convite era sério. Ele veio me trazer café na cama e ao invés da colher na xícara, colocou a chave da casa dele. Depois dessa cena romântica, queria era fazer um filho com ele.

Meu pai quase infartou quando eu disse, aos 21 anos, que ia morar junto com um carinha da faculdade. Se ir para Nova York já tinha sido um drama, imagina esta informação para a cabecinha de um médico neurologista e super quadrado?

Amava Timmy, nos dávamos bem, viajamos pelos Estados Unidos e ele também vinha comigo ao Brasil nas férias. Ele adorava o país, amou o Nordeste, mesmo passando mal três dias por causa do azeite de dendê. Porém, no final do curso, Nova York começou a ficar sem sentido para mim. Timmy ficou distante, arrumou um emprego em Nova Jersey em uma construtora e quase não nos víamos. Eu também estava trabalhando muito em um escritório de arquitetura urbana, que não gostava tanto. Cada vez mais me distanciava da cidade e de Timmy e ficava com minhas cerâmicas e esculturas. Fiz tantas que não tinha nem para quem dar.

Um dia dei uma de louca e me enfiei em uma dessas feirinhas de praça lá em Greenwich. Vendi as peças a preço de banana. Não fiz pelo dinheiro, só não podia acumular tanto de mim. Precisava me passar adiante.

Depois de formada, comecei a me sentir vazia, sem propósito. Amava Timmy, mas não via mais um futuro juntos, acho que ele também não. Timmy se afastou e deixou de lado até o sax. Estava envolvido com as obras, nos prédios novos habitacionais que ele mesmo planejou. Tinha muito orgulho dele.

Timmy me ajudou a me conhecer. Conseguimos já novos construir algo, puxar o melhor um do outro. Claro que brigávamos, mas meu maior aprendizado foi não entrar em atrito em público. Briga era em casa, até porque adorávamos fazer as pazes.

Demorei um tempo para perceber que Timmy era um cara sério. Por buscar aceitação na nova cidade, ele se fez de descolado para esconder seu lado pitoresco do interior do sul dos Estados Unidos, mas sua essência era centrada e tímida. Nossa fase tinha acabado, porém, nossa capacidade de ficar juntos era tamanha que até completamente distantes conseguíamos conviver bem. Tantos casais passam anos assim, distantemente bem.

Sempre fui apaixonada por Gaudí, não conhecia Barcelona, mas sabia que ia me encantar por ela. Planejei uma viagem com o Timmy, fizemos Portugal e de lá pegamos um carro e seguimos até Barcelona. Parecia uma despedida, e foi. Em Barcelona descobri um mestrado em arquitetura que gostei. Quando voltei à Nova York, peguei minhas coisas e me mudei para lá. Não pensei duas vezes, ouvi meu coração e fui.

Nesse ínterim, meu pai quase enfartou pela enésima vez. Ele achava que eu voltaria para o Brasil, mas não era a hora ainda.

Capítulo 3

Barcelona era muito diferente de Nova York. Eu estava diferente. Preenchia uma nova página, uma nova história. O romance com o Timmy tinha acabado e toda uma antiga vida ficava para trás. Uma nova fase europeia cheia de cores e Gaudí se iniciava. Tudo valeu a pena, até renunciar ao Timmy. O "nós" havia se dissolvido e deu espaço ao "ele e eu"... ele lá e eu cá.

Nunca fui daquelas que precisava ter para ser, mas sempre fui daquelas que precisava ser para existir.

Acho que fico me justificando só para não me achar fria. Às vezes confundimos frieza com praticidade. Costumo ser prática ao lidar com certas verdades. Por mais que Timmy tenha sofrido com o término de nossa história e minha decisão pseudo repentina em ir para a Europa, ele também sabia que nosso amor e história haviam chegado ao fim.

Saí do Brasil e deixei Luiz Otávio, saí de Nova York e deixei Timmy. Ambos sem saber quando eu tinha mudado, quando tínhamos deixado de ser nós. Coincidência ou ocorrência? O fato é que, muitas vezes, para se tomar certas decisões, se faz necessário distanciar-se do ocorrido para não sofrer. Mas isso não quer dizer que eu não tenha sofrido, sofri sim. Finais, lutos são sempre sofridos. O ser humano não vem com um botão antissofrimento e desapego para as perdas. E eu amei esses homens, amei mesmo, sem medo.

Ouvi outro dia uma frase: "Todo o amor é eterno, se não é eterno, não é amor". Será então que não era amor? Acho que prefiro acreditar em Vinicius de Moraes com seu *que seja infinito enquanto dure*. Durou o tempo que tinha que durar, enquanto era para somar, para ser feliz.

Com ou sem justificativas, com ou sem conclusões, o fato dos fatos é que sempre amei também o Gaudí e por mais que eu fosse cosmopolitamente nova iorquina, estar na Europa, Barcelona, com a jovialidade e frescor do Rio de Janeiro, me deixava ainda mais inspirada para entender de arte, formas, novas paixões e a mim mesma.

Costumam brincar sobre a lei da atração, o poder da palavra... tem quem ache isso uma grande baboseira, mas sou daquelas que acredita nesse algo a mais desconhecido e inexplicável. Se você se prepara a vida toda juntando dinheiro para tempos difíceis, tempos difíceis terá; você se preparou para isso. Deus não é o cara perverso lá em cima que puxa o seu tapete. Você se preparou, e pelo visto muito bem, para passar por tempos difíceis. Deus só atendeu a seu pedido. Errado não é Deus, mas sim você, que não sabe pedir, ora bolas!

Desde nova mentalizava sonhos, coisas bobas. Meu pai me ensinou algo de valor: não deixar de comemorar as pequenas conquistas. Inquietação é diferente de insatisfação, assim como desejo é diferente de necessidade. Pode ser que o desejo seja a inquietação disfarçada e a necessidade, a insatisfação.

Engraçado que quando fui para Barcelona, aos 24 anos, já me sentia pronta para voar, viva e pulsando. Estava lá há dois meses e não me cansava de desbravar a cidade, caminhar pelas ruas. Saía da aula de espanhol e caminhava, caminhava, às vezes parava em um parque e desenhava algumas coisas, pessoas, paisagens, sorrisos. No parque Güell rodopiava o lápis e não conseguia mais me imaginar em Nova York, nem na cama do Timmy.

Muito doido isso. Um dia amor eterno, outro um passado estranho. Sei que mudamos todos os dias, mas assim? Será que somos como os artistas com fases demarcadas? Hoje somos assim, amanhã assado e depois assim ou assado?

Costumo brincar que o louco é o gênio que não deu certo e o gênio, o louco que deu certo, já eu, antes louca do que oca.

Picasso, Van Gogh, Miró, Dali, Gaudí... artistas reconhecidos pelo mundo, reconhecidos por uma loucura brilhante. Fases artísticas identificadas e traços reconhecíveis a léguas de distância independente de suas fases. Nenhum, por mais louco que fosse, deixou seu eixo, seu traço. Acho que somos assim, aliás, acho que os seres humanos não lineares são assim, incomuns dentro do comum.

Estava gostando de morar no campus da universidade. Iniciar o mestrado me daria uma rotina bem pesada de estudos, até por causa da língua. Falava um portunhol engana trouxa, no estilo *la garantia soy yo*. Agora a brincadeira era bem mais séria. Tinha uma certa dificuldade na escrita, então, os dois meses intensivos de espanhol foram fundamentais. Quando não estava no campus em aulas, ou estudando, perambulava pela cidade.

Barcelona era muito agitada. Demorei para me render a seus encantos noturnos nas Ramblas da vida. Ok, às vezes ia a um bar ou outro para umas tapas e beijos – mais tapas do que beijos. Adoro tapas.

Fiquei reclusa no início, foquei nos estudos. Normal, tudo novo, renúncias, digeria a nova vida, país, língua. O ritmo de estudos era puxado. Não trabalhar me incomodava um pouco, mas toda e qualquer mudança requer um prazo para adaptação.

– Oi pai, que saudades! Como a mamãe está? Jura? Que coisa boa! Quando? Vou adorar ver vocês! Mas, pai, estou pegada nos estudos, não posso perder as aulas. Estou no início do curso, ainda tenho dificuldades com a língua... hummm... sei... hotel perto do campus?

Tem... Vejo sim, quando? Hummm... tá normal, mas sabe como é o clima... Depositou? Que bom! Já estava sem grana. Odeio pedir, mas só por esses meses, não quero acabar com minha reserva. Daqui a pouco eu acho um emprego na área. Eu sei que vai ficar pesado, pai, mas dou um jeito. Timmy, que que tem? Hummm... não pai, não estou dormindo com ninguém, mas se dormir pode deixar que uso camisinha. Drogas? Pai, quando você vai virar o disco? Recebeu a carta que te mandei?

Bons tempos aqueles das cartas, lembro que naquela época eu tinha *pen pal* – correspondente por cartas, o que hoje fazemos com desconhecidos em aplicativos, antigamente se mandava carta para lá e para cá. Ficava todos os dias esperando o carteiro para receber minhas cartinhas – mantive minhas amizades brasileiras assim e com telefonemas pontuais. Meu pai comprou uma linha internacional, que fazia ligação por intermédio de uma telefonista, depois veio o fax para modernizar o sistema e em seguida a internet discada. Socorro! Sou do tempo da máquina de escrever, do cheiro bom do mimeógrafo e do sistema DOS. Meus neurônios precisam de um drinque depois desta velha constatação.

Pensando agora nesta naftalina toda, esta desconexão tinha seu charme. A sensação de receber uma carta da família com fotos era maravilhosa. Posso citar diversos momentos desses. Agora com os aplicativos e imagens instantâneas, os momentos são consumidos e esquecidos na hora. Me lembro até da cara do carteiro, um indiano que falava o espanhol mais complicado que já ouvi.

Os primeiros meses de mestrado foram bem pesados. Estudava muito para ter boas notas. Fiquei obcecada. Não foi fácil e eu era um estresse ambulante. Às vezes me perguntava: meu pai amado, isso é curso ou penitência? Ficava enfurnada no campus estudando e estudando. E aquela leveza toda do início deu espaço à vontade de socar o primeiro transeunte que passasse na minha frente queimado de sol.

Ainda era verão e resolvi dar uma volta. Não estava muito disposta, mas saí mesmo assim, precisava dar uma arejada, me libertar do cativeiro, absorver alguma vitamina D. E durante esse processo de fotossíntese pelo bairro Gótico, comecei a sentir uma dor abdominal absurda. Nunca havia sentido nada parecido, até porque posso comer lixo do chão que nada acontece comigo. Adorava comer ovo rosa e nem gases tinha. Mas aquela dor não era de Deus, era algo surreal. Não me aguentava em pé, não sabia se era o calor, a má alimentação, só sei que sentei no primeiro restaurante que encontrei para tentar respirar, pois nem isso conseguia. Senti minha pressão cair e antes de tudo ficar preto, vi um garçom esculpido à mão sair porta a fora e caminhar em minha direção.

Depois daquela visão magnífica, não vi mais nada. Só acordei com o som da ambulância vindo me salvar e me levar para o hospital. Tive uma crise de apendicite em frente ao restaurante mais badalado da cidade. A mocinha aqui escolhe a dedo o momento até para passar mal.

O magnífico garçom passou o caminho inteiro segurando a minha mão. Muito corajoso o rapaz, porque em meus pequenos flashs de memória lembro ter me vomitado toda, que alegria!

Saí da ambulância e fui direto para a sala de cirurgia tirar o apêndice e pela primeira vez em 24 anos de vida me senti completamente só, desamparada. O sentimento de solidão me tomou por completo. Imaginei que se algo me acontecesse, ok, tinha acontecido, eu não tinha ninguém próximo para ligar, ninguém para cuidar de mim, um amigo, ou parente, nada. Só tinha a mim mesma em terra de Marlboro. Naquele momento senti o peso da condição de abandono que eu mesma me coloquei.

Quando se é ou está sozinha, a solidariedade de um qualquer é bem-vinda, aliás, qualquer solidariedade é bem-vinda. Eu não sabia onde estava, não sabia o nome do hospital, mas ao meu lado tinha um esplêndido garçom ainda segurando a minha mão. Que gesto genuíno o dele. Apesar da melancolia que sentia, aquela era uma bela cena – com sensações e sentimentos em digestão.

Até hoje aquele foi o momento que senti maior solidão na vida.

Acordei e o mocinho monumental sorriu para mim, deixando o ar de preocupação de lado.

– Quem é você? – foi a pergunta que fiz em português.

– Marcus. Trabalho no El Café Bistrô. Você desmaiou nos meus braços – respondeu ele em português com sotaque.

"Você desmaiou nos meus braços"? Jeito bom de desmaiar, isso sim.

– Você fala português?

– Sim, namorei uma carioca, falo um pouco...

"Namorei uma carioca"? Alto, esculpido a mão, dono de um nariz grande e fino na dose certa e ainda fala português porque namorou uma carioca. Obrigada, meu apêndice querido, onde quer que você esteja (ele não está no meio de nós).

– Adoro as cariocas... – continuou ele.

E eu adoro desmaiar... Ai, o que está acontecendo aqui? Depois de vômitos, retirada de apêndice e um cabelo desgrenhado, Deus ainda coloca um anjo em formato de deus grego para cuidar de mim? Que bem fiz à sociedade para merecer tamanho bônus?

Acho que agora entendi, queimei todos os meus créditos com Deus lá no passado. Porque agora só me resta o limbo. Os bônus foram na época da gravidade a favor. Hoje a realidade é bem diferente e, em vez de flores, já estou satisfeita com um cactozinho cheio de espinhos. Antes eram deuses gregos, agora se tiver dente, braço e perna já tá valendo. Injusto esse tal de tempos modernos. Se eu *embaranguei*? Pior que não, sabia? Até me sinto mais bonita atualmente que anos atrás. De repente só estou com algum repelente masculino mesmo, ou mais exigente.

Levamos um tempo para entender e definir a beleza e sua importância. A beleza por si só, desacompanhada, cansa, entedia. Ela é uma combinação de simetria e personalidade. E com o tempo a gente se desapega dessa vitrine visual e o olhar fica mais em função do valor daquela pessoa para você. Lógico que muitos homens de meia idade que se separaram, usam a beleza feminina à tira colo para se enxergarem melhor. Mas aí estamos falando de virilidade e não beleza.

Marcus era especial, uma mistura de beleza, bondade e empatia. Ele sempre se colocava no meu lugar e tinha uma enorme capacidade de sentir. Uma coisa que aprendi sobre os homens estrangeiros e os brasileiros é que os homens estrangeiros têm uma maior capacidade de sentir e por isso são bem mais desapegados que os brasileiros em relação à estética e padrões. Eles enxergam e se encantam por você e não pelo pacote que você pode representar para eles.

Às vezes, antes de dormir, ficava admirando Marcus e seu perfeito nariz. E minha baixa autoestima perguntava: como um homem lindo assim pode ser esta pessoa tão humilde, maravilhosa, e ainda achar que eu é que sou a especial e a linda da relação? Um homem destes no Brasil teria um harém à beira mar, colecionaria *crushs* e histórias com os amigos – por puro hábito. Acho feio generalizar, mas estou generalizando.

A história com Marcus não foi tão rápida, seguiu como tinha que ser, e pela primeira vez, ou única, descobri e fui descoberta aos poucos. Em um primeiro momento, o que me despertou o interesse foi a sua beleza, mas ele se aproximou para me conhecer e fomos ficando íntimos, cúmplices. Ele cuidou de mim, depois da cirurgia, de uma forma delicada, sem pedir nada em troca. E o que tínhamos se tornou tão especial que nem a minha ansiedade ficou ansiosa.

Não sei por que ele se encantou por mim e acho que nunca vou saber, nem sei se ele sabe. Ele dizia: "Tu me encantas porque me encantas e por isso meu coração canta quando te vê". Lembro perfeitamente o dia em que ele disse isso pela primeira vez e essa cena vai ficar aqui, guardada só para mim.

Quando melhorei, passamos a nos encontrar, quando dava, à tarde no parque. Eu estudava para o mestrado e ele para seu curso de piloto. Era bonitinho, ficávamos deitados em cangas e, por incrível que pareça, conseguíamos estudar e trocar um pouco de nossas matérias; aprendi muita coisa sobre pilotar. Depois de um tempo, Marcus me levou para voar com ele. Ver Barcelona de cima, ou sobrevoar algumas cidades espanholas, era mágico, eu era uma criança grudada e babando na janela. Sentia borboletas no estômago por estar com ele. Se fechar os olhos, posso ouvir o barulho do motor.

Uma vez fomos até Toledo para passarmos o dia, e foi lá que demos nosso primeiro beijo, na ponte que corta o rio Tejo. O dia estava nublado e aquela cidade histórica de feudos trouxe uma atmosfera ainda mais bucólica para o que já era um romance ainda não declarado. Caminhávamos para visitar a catedral e, no meio da ponte, Marcus pegou na minha mão e parou. Estava inquieto e tinha a respiração ofegante. Eu sabia sem saber o que estava para acontecer desde aquela ambulância. Nossos corações batiam com força, as mãos estavam geladas e suadas, até que nossos olhares estacionaram um no outro.

– O que foi, Marcus?

Ele se aproximou de mim, sentiu minha respiração, soltou minha mão, segurou o meu rosto e me beijou... e assim, viramos um casal.

Muitos beijos passam pelas nossas vidas. Muitos sequer lembramos, mas tem outros que, quando acontecem, sabemos que são únicos, só nossos, e que vão ficar. Nosso beijo foi quase que um grito de liberdade. Não tenho ideia de quanto tempo durou, mas lembro até hoje o que senti. Foi aquela sensação maravilhosa de paixão correspondida, de que é verdade, aconteceu e que dá vontade de rir só por rir. Eu literalmente voava. Voltamos para Barcelona meio sem acreditar no que estava acontecendo.

– *Qué pasa, Clarice?*

– *Qué?*

– *Por qué sonríes floja?*

– *Estoy bobita hoy...*

– *Bobita? O que és bobita?*

– *Bobita és la sonrisa que se olvidó de dejar de sonreír...*

Ah, o sorriso que se esqueceu de parar de sorrir...

E nesse portunhol lambuzado passamos a fazer as coisas juntos e, em pouco tempo, fui morar na casa do Marcus.

Não sei se a simplicidade está vinculada à jovialidade, e a complexidade à maturidade, acompanhada de um passado acumulado, que juntou tanta coisa e acaba complicando o que deveria ser simples. Queremos simplicidade e plantamos complexidade. Vai entender.

A parte mais divertida da nossa relação era que todo final de semana que tínhamos livre fazíamos uma mala e íamos para o aeroporto, sem destino. Lá víamos a passagem mais barata daqueles voos bem baratinhos que as companhias locais tem de algum lugar da Europa que não conhecíamos e partíamos. Foram as melhores viagens da minha vida. Desbravar os lugares era engrandecedor e nessa prática que criamos aprendi muito sobre deixar as coisas virem e a viver sem grandes expectativas. Foram as melhores viagens porque vinham sem peso e eu me deixava ser surpreendida a todo instante.

Engraçado pensar sobre isso. Já me esqueci de como é bom deixar a vida fluir e te surpreender. Acho que ando com tanto medo do que vem pela frente que perdi parte do melhor de mim. Quero tanto ser surpreendida pela vida, mas ao mesmo tempo tenho tanto medo do inesperado que travo, estagno. Reclamo do que tenho, mas se perder o que tenho, morro.

Em poucos meses as coisas se ajeitaram em Barcelona e confesso que foi o lugar que mais gostei de morar. Tudo era colorido, tudo era Gaudí. Fiz amigos rápido, pois, durante o mestrado a ajuda do outro, o apoio, os grupos de estudos eram essenciais. Gostava de entender a vida de cada um da minha turma e seus sonhos. A arquitetura começou a fazer sentido para mim e com o passar do tempo, as viagens e a própria liberdade me faziam ficar mais criativa e a encontrar o meu estilo em criar, reformar, transformar.

Comecei a trabalhar logo no primeiro ano em um escritório de arquitetura meio bucólico, como Toledo. Nossos projetos, em sua maioria, eram reformar monumentos históricos, patrimônios tombados e ali realmente aprendi o significado das coisas. No El Babero encontrei a razão de tudo que girava ao meu redor, entendi a arquitetura da alma, do sentir, da origem. Quando você entende como tudo foi construído — a partir de seus pilares, é possível ir além, criar sem que se perca a identidade ou fira a origem. Aprendi a arquitetura sutil, a delicadeza da arte. Os estudos e o trabalho nesse escritório me deram toda a base que tenho hoje.

Adorava aquele nome, El Babero, que em português significa "As jardineiras", e achava que o nome tinha tudo a ver com nossa missão, visão, valores e a relação que construíamos com os projetos, com a obra. Aprendi muito e só agora, voltando ao passado, me dou conta disso.

Os dois primeiros anos voaram. Marcus se formou no curso de piloto e passou a viajar muito, pois, conseguiu um emprego em uma empresa de táxi aéreo e em uma pequena companhia aérea local. Com tantas viagens, seu uniforme, que antes me dava um tesão enorme logo pelas manhãs, passou a me dar raiva só de olhar, mas principalmente em lavar e passar. Tinha vezes que minha vontade era de tacar fogo, pois, quase não o via mais.

Nossos finais de semana sem compromisso perderam um pouco o sentido. A diversão era a adrenalina no aeroporto para escolher o destino. Substituir essa adrenalina por destinos onde Marcus pilotava, ou encontrá-lo nos lugares onde estaria, deixou de ser a Disneylândia e passou a ser uma necessidade de sobrevivência. O espaço criativo, espontâneo e surpreendente perdeu para a rotina não vivida mais.

Entendia essa prioridade do Marcus. Foram anos sonhando com isso, investindo e se preparando. Todo o dinheiro que ele ganhava era para voar mais horas, se profissionalizar para poder ir mais longe. Marcus tinha a necessidade de voar de forma literal e metafórica — esta era a ansiedade dele. Não reprimia, não condenava, entendia, mas minha necessidade dele era maior que minha capacidade de entender tudo isso.

Por maior que fosse meu amor por ele e por mais que eu quisesse que ele conquistasse seus sonhos, a vontade de tê-lo para mim, na minha vida, era maior que minha capacidade de entender tudo isso. Eu conversava com Deus e dizia: Clarice, evolui. Clarice, é para o bem dele, é o sonho dele. Por mais que eu conversasse, por mais que eu tentasse evoluir e transcender por ele, a verdade é que eu não queria que a nossa vida mudasse, que ele ficasse longe de mim e nem que ele ficasse aí voando pelo mundo. Eu queria a nossa bolha, nossas tardes no parque, nossas viagens de fim de semana surpreendentes.

Mas a vida queria roubar o Marcus de mim. E foi isso que ela fez.

Outro dia meu sobrinho de quatro anos me perguntou:

— Titia, o céu é duro?

— O quê? Se o céu é duro, Pedrinho?

— É titia, duuuuuuroooooo!

No minuto em que ele perguntou, demorei um pouco para entender sua lógica. Achei tão bonita aquela pergunta com poesia, que até me confundi na resposta.

Lá em Barcelona o céu era duro sim, Pedrinho, muito duro. Ele roubou Marcus de mim.

Depois de três anos de namoro, eu já havia concluído o mestrado, tinha saído do El Babero, trabalhava em um dos mais badalados escritórios de arquitetura e tinha quase 28 anos, quando Marcus chegou em casa e disse: "Vou morar nos Estados Unidos, estou indo para Chicago".

A parte dele ir para os Estados Unidos, Chicago ou o raio que o parta, nem me ofendeu, mas a parte singular da frase acabou comigo: Vou morar... estou indo... — o tempo verbal ficou ecoando no meu ouvido por dias, semanas, meses. Naquele momento senti uma das maiores dores já sentidas na minha vida inteira. Pensei que ia morrer de falta de ar. Foi algo doído, ao mesmo tempo inesperado, como se eu tivesse levado um soco, perdido o chão e ficado completamente sem ar, tudo no mesmo instante. Fiquei sufocada com a maior dor do mundo, engasgada com a informação de que teria que administrar aquilo tudo sozinha.

Capítulo 4

Marcus partiu e me deixou naquele apartamento tão meu nos últimos tempos. Via fantasmas, sentia medo, não queria viver aquilo. Ficou um rombo, uma dor, uma ausência. Minha existência não existia sem ele.

Relacionar-se tem essa capacidade de transformar sua independência de alma em uma dependência de existência. Eu não existia mais sem o Marcus e não queria descobrir nenhuma nova eu sem ele.

Chorei todos os dias por meses, emagreci, me abandonei, nem o colorido de Gaudí conseguia ver, sentir. Estava morta por dentro, sem forças. Meu pai ficou preocupado e devido ao meu estado crítico, parou de me perguntar com quem eu transava, ou se estava usando drogas. Ele sabia que eu não estava bem, não me sentia bem e que precisava de alguma voz masculina de conforto.

Sentia vergonha de estar naquele estado. Nunca havia ficado assim. Era algo que não me pertencia, que não combinava comigo.

Em uma de nossas ligações, meu pai disse: "Minha filha, vergonha é roubar e não poder carregar". Eu não roubei nada, tiraram de mim e não conseguia carregar sozinha toda aquela dor. Não sei direito até hoje o que ele quis dizer com aquela frase, mas sei que se referia a minha grandeza em passar por isso sem sentir pena ou vergonha de mim.

Não queria segurar peso nenhum, dor nenhuma, chorava todos os dias por não ter mais Marcus ao meu lado, em nossa cama, em nossa casa. Aquilo não era meu, tudo aquilo era nosso, nós dois... me ensinaram a ser dois, a somar. Aprendi que nós dois juntos éramos mais e, de repente, todo aquele nosso se tornou uma equação complexa até para grandes matemáticos. Ele, eu e nós, menos ele e nós, só me sobrava todo esse eu que não conhecia.

Se teve uma vez que sofri por amor, foi esta. Luiz Otavio e Timmy se vingaram de mim em dose dupla, com direito a saldo futuro para os próximos 120 anos. Nem meus melhores amigos me reconheciam.

– Minha filha, você não acha que é hora de voltar para casa? – perguntou meu pai em uma de suas três ligações diárias.

Aquela frase ecoou na minha cabeça por semanas. Ela ressoava de hora em hora durante o trajeto cama, sofá, sofá, cama. Tive que tirar uma licença no trabalho e fui procurar um psiquiatra para tomar alguma coisa que me ajudasse com aquela enorme depressão.

Acordar todo dia era um esforço e meus movimentos estavam em câmera lenta. Enfim, tinha que passar por aquilo, viver até o fim aquela dor. Eu sabia que para a tristeza passar tinha que passar por ela. No início foi dor, depois saudade, até que virou esquecimento e eu me tornei liberdade.

Não foi rápido ou fácil. Não esqueci até hoje a dor e os dez meses que levei (mais que uma gestação) para superar Marcus e voltar a sorrir um sorriso amarelo.

Pedi demissão no escritório e deixei para trás quatro anos de Barcelona. O fim foi um purgatório, mas a felicidade é inversamente proporcional à tristeza e, por isso, posso dizer que Barcelona foi minha época mais intensamente feliz na vida. Esta foi a minha era de ouro, ou por assim dizer, era colorida.

Dizem que a vida não é colorida, é *colorível*. Barcelona foi colorida e a fiz ainda mais *colorível*.

Saí de Barcelona, mas até hoje Barcelona não saiu de mim. Voltei inúmeras vezes, mas não mais com Marcus. Depois daqueles dez meses, apenas seis ligações e nenhuma visita. Não precisava ser nenhum vidente para entender que ele estava aterrissando em alguma aeromoça qualquer e que era hora de voltar para casa.

Sempre ouvi dizer que, na hora certa, você vai saber a resposta ou que é o momento. Sabia que minha história em Barcelona, naquele momento, havia terminado. Arrumei as malas, o coração, e embarquei de volta ao Rio de Janeiro.

Sinceramente, não foi fácil voltar. Quando se passa muito tempo fora, retornar parece um pouco retroceder, mesmo quando se tem só 28 anos. Mas, por mais que seja seu ninho, com família e amigos, voltar dá uma sensação de que não deu certo. Talvez Freud explique por que isso acontece.

O Rio de Janeiro me parecia diferente, meu olhar estava mais crítico. Apesar da maior beleza natural já vista, a arquitetura me passava uma identidade desorganizada, invasiva, feita para aproveitar, sempre com um jeitinho, o espaço. A preocupação não estava no conjunto da obra, mas sim nos objetivos particulares dos donos dos espaços.

Desde que voltei de Barcelona, percebi a diferença entre as culturas, estilos de vida e a forma que as pessoas se relacionam, principalmente no Rio de Janeiro. Tive que inserir no meu trabalho a vaidade por pura vaidade. Mais do que construir um propósito para cada projeto, no Rio, o que vende é o que cai bem.

Às vezes me sinto tão vazia e lembro muito bem desta sensação logo quando cheguei aqui. Este *déjà-vu* se repetiu em diferentes momentos nos últimos dez anos e acho que continuará se repetindo futuro adentro.

Passei o primeiro mês no Brasil meio perdida, tentando me adaptar, observar, encontrar os amigos enquanto sentia algo estranho, como se em algum momento eu fosse voltar para casa, mesmo sabendo que não havia mais casa, amor com cabana, emprego, nada. Nessa nova etapa era só eu, sem saber muito bem o que fazer com aquela sensação.

Se eu pudesse tiraria férias de mim, estacionaria minha vida em um canto e ia para um spa.

Mas um mês foi mais do que suficiente para ver que coisas precisavam ser feitas e decisões a tomar. Porém, sentir que a depressão havia ido embora, essa foi a melhor parte. Precisava me reconstruir aqui no Rio, ou me construir, sabia que minha estada era longa e enraizar era necessário.

Moderninha que sou, ou era, o que mais me marcou naquele período foi a compra de uma *Scooter* para eu perambular para cima e para baixo. Só tenho boas lembranças (até meu tombo) daquela *Piaggio* primavera, amarela, ano 81, *vintage*, que eu chamei de Margarida.

Margarida foi minha companheira por alguns anos, chamava atenção por onde passava, adorava circular com ela pelas ruas do Rio. A sensação de vento batendo, de oxigenação, ventilava as maiores ansiedades engarrafadas que eu costumava ter. Estava estressada, pulava na Margarida e saía para dar uma volta. Além de um caso de amor, Margarida era também minha terapia.

Tudo começou com um amigo meu me levando para passear na moto dele. Na Europa, andar de moto, vespa, ou qualquer outro meio de transporte sobre duas rodas é bem mais comum que aqui.

Comprei uma bicicleta elétrica, mas não se compara com as sensações de felicidade que Margarida me dava.

Não sou fã de carro, sempre fiz as coisas a pé, curto os programas a céu aberto e mais o dia que a noite. Uso a noite para trabalhar, me concentrar e novamente fazer esculturas.

Bruno, esse meu amigo que me levava para passear, teve um papel bem importante no meu período de readaptação. Amigo de rua na infância, continuava na casa dos pais e por isso nos encontrávamos sempre. Ele foi um pouco contra a compra do modelo da Margarida, não vou me esquecer quando foi comigo até a loja e disse que a moto tem poucos itens de segurança. Dei-lhe um beijo na bochecha para reconhecer tamanho gesto de cuidado, mas cabeça dura que sou, ou era, fiz o cheque e comprei Margarida, talvez por achar que cabeça dura não quebra, até cair para constatar os poucos itens de segurança.

Sabia que a preocupação do Bruno com a compra da Margarida era pela minha incapacidade motora nas curvas, pela aerodinâmica das *Scooters* e buracos na cidade. As motos pequenas acabam sendo menos seguras que as maiores por sua aerodinâmica e falta de estabilidade nas curvas e buracos, devido ao seu pouco peso mesmo. Então, estatisticamente, Bruno sabia que minhas chances de cair eram grandes. E assim, quase como uma profecia, o tombo aconteceu.

Estava eu plena, passeando com a Margarida pelas ruas internas do bairro a caminho de casa, quando vi um cara lindo caminhando. Pensei comigo: destino, vou paquerar. Tem certas horas na vida, que você acha que tudo é o destino, ou um sinal divino. Dei aquela desacelerada, empinei o corpo, comecei a cantarolar e mirei no belo rapaz com olhar fixo para chamar sua atenção quando passasse por ele. Ele vinha na direção contrária e caso respondesse ao meu olhar daria meia volta e pediria orientação, como se estivesse perdida na rua, procurando um prédio, ou sei lá. Só que o bonitão nem virou o pescoço quando passei, ou sequer percebeu que a moça que passou sensualizando para ele na Scooter amarela, logo em seguida, se estatelaria no chão com a moto sobre ela ao passar por um buraco na rua. Seguiu com seus pensamentos em seu caminho me fazendo sentir o ser humano mais ridículo e invisível do planeta. A queda da moto até seria uma cena romântica se o bonitão quisesse fazer parte dela. Porém, a queda me resultou foi em um pé torcido, uma queimadura na perna, um joelho e cotovelo ralados e Bruno como meu super-herói para levar a Margarida e eu para casa. Definitivamente não existe destino romântico quando não estamos numa boa fase.

Já Bruno sempre fez muito sucesso entre as mulheres, não só por sua beleza, mas pelo seu charme e desenvoltura. Seus traços de família árabe se misturavam com o perfil moreno, alto. Ele era um sucesso e sempre muito divertido. Estava desempregado quando voltei, assim como eu. Bruno fez engenharia e, naquela época, engenheiro tinha dificuldades de se empregar, juntando com o fato de que ele nunca gostou lá muito de trabalhar, preferia surfar. Sua paixão era o esporte, velocidade, surf, trilhas e qualquer coisa ligada a desafios, adrenalina. Adorava motocicleta e foi com ele que aprendi a gostar também.

Morávamos em uma rua sem saída. Na infância e adolescência, brincávamos muito ao ar livre. Foi fácil retomar a amizade com o Bruno, sempre o via entrar ou sair de moto quando eu passeava com o Pileque e a Matilde, os cachorros de meus pais. Sim, papai e mamãe tinham dois cachorros. Pileque, o que mais gostava, era um Shar-pei muito engraçado. Nasceu cego de um olho, tinha um andar lento e se batia por todo canto ou quina. O chamava de Pilequinho, Leque, ou Pileque mesmo. Dengoso e carinhoso que só. Adoro cachorro, mas hoje eu tenho em casa uma gata persa chamada Chanel, preta e branca, mais fácil de cuidar e prático para quem mora sozinha, está sozinha, é sozinha, ou se sente sozinha.

Pileque morreu poucos anos depois de minha volta, adorava aquela bola enrugada de pelos babona e manhosa. Já a Matilde durou mais tempo e tinha minha antipatia – coisa rara. Era uma Spitz Alemã que latia sem parar e corria pela casa feito uma louca parecendo ter anfetamina na veia. Mas, minha mãe era louca por ela, ficavam grudadas e a mimava mais do que seus quatro filhos. Porém, para não causar mais polêmicas, quando levava o Pileque para passear, levava também a Matilde.

Era gostoso passear na praça, fumar um cigarro e ver a lua. Faz tempo que não vejo a lua, ou reparo nela, muito menos converso com ela. A luz dos celulares roubaram a luminosidade e o frescor do luar.

Bruno, sempre que me via na pracinha no final de nossa micro rua, parava para me fazer companhia e ficávamos ali conversando sobre tudo. Gostava de nossos papos e seu estilo de vida. Bruno fazia meditação, yoga e buscava olhar de fora de forma prática, como 99% dos homens fazem em relação aos fatos e às emoções.

Ele me chamava de Claclá e sempre achei muito carinhoso. Ninguém além dele me chamava assim e só por isso já era especial.

Muitas vezes pegávamos umas cervejas e ficávamos na pracinha devaneando; eu fumando e lamuriando, Bruno com suas colocações inteligentes e os cachorros à paisana.

— Não veja essa volta como um retrocesso na sua vida. Hoje você é uma pessoa bem diferente da que saiu daqui...

— Eu sei Bruno, mas vai explicar isso internamente. O Tico racional é bem didático, mas o Teco emocional está bem deprimido hoje.

— Você já pensou em fazer as coisas de forma diferente? Einstein ensinou isso e parece que tem funcionado bastante.

— Bruninho, o que mais venho fazendo nos últimos anos são coisas diferentes.

— Então talvez seja a hora de você começar a fazer coisas iguais. O igual, comum, pode ser o seu diferente... Quer dar uma volta de moto?

Passear de motinha, como eu falava, aquietava minhas inquietudes e sempre que Bruno queria me ver abrir um sorriso, falava: motinha? E assim me sentia segura.

Era fácil conviver com o Bruno e não sei por que nossa relação foi construída neste pilar genuíno da amizade, coisa bem atípica para uma cultura masculina brasileira, em especial do carioca alfa. Era sempre construtivo estar com ele. Bruno me ajudou a me reencontrar e acho que eu o ajudei a se reinventar. Ou fizemos um pouco dos dois para os dois. Nunca nos beijamos, ou confundimos os sentimentos falando do meu lado. Minha mãe jurava que ele era apaixonado por mim, o guardinha da rua também, meus irmãos achavam que ele era gay ou seria — comentário típico de irmão. Mas nunca senti que seu coração batia mais forte ao me ver.

As boas relações são assim, quando um faz transbordar o melhor do outro. Sinto falta desta amizade masculina genuína. Tenho muitos amigos com quem converso sobre tudo, mas o Bruno não me tratava como homem, como brother de bar, que fala as coisas esquecendo o fato de você ser mulher. Ele cuidava de mim, me acompanhava, conversávamos sobre tudo, trocávamos livros, íamos à praia, cinema, festas, ou simplesmente não fazíamos nada juntos. Era leve, calmo. Bruno queria me fazer sentir a paz interior, me explicava sobre privações e ignorância do sentir.

Mas essas férias na motocicletinha não duraram tanto tempo. Bruno acabou se mudando para Florianópolis e abriu uma confecção de roupas de surf, moda praia, ou algo parecido com isso, ficou uns anos lá, teve loja, mas parece que depois de um tempo o negócio não decolou.

Eu também logo arrumei um emprego na Arquétipos, onde estou até hoje. Se o meu fazer diferente era fazer o mesmo, pelo visto segui ao pé da letra. Me enraizei mesmo, padronizei, parei de voar e, sinceramente, acho que perdi o melhor de mim. Perdi o poder de me encantar com as diferenças da vida. Ficou tudo muito igual, previsível. Chato, bem chato!

Capítulo 5

Flores, cartão e um portfólio dos projetos que desenvolvi durante estes dez anos de Arquétipos Arquitetura. Fui presenteada com um livro de capa dura todo ilustrado de pura elegância criativa, o que sempre busquei em meus trabalhos.

– Clarice, parabéns pelos dez anos de empresa. Você é a alma deste escritório. É a nossa arquiteta chefe que inspira e assina as mais premiadas obras. Os principais projetos passaram pelas suas lindas mãos – Disse Alvarez esfregando as suas mãos nada lindas, mas sim peludas entre meus braços.

Sinceramente, isto me irrita. Este ser, casado, acha que pode dar em cima de mim pelo simples fato deu não ser casada. Ele não consegue entender que eu tenho um relacionamento estável comigo. Ok, não tão estável, mas para terceiros super estável.

Outro dia, durante uma conversa na pausa para o café, Alvarez teve a pachorra de me dizer:

– Clarice, você sabe, há tempos que meu casamento não anda bem ("Eu? Desde quando?" – pensei). Tô pensando em me divorciar de minha esposa, por conta do ciúmes...

Meus olhos pasmos arregalaram. Ciúmes? Senhor, onde o mundo se perdeu e eu não percebi? E o pior, Rosana, mulher de Alvarez, uma cinquentona interessante com ph.D. em filosofia, professora da UFRJ, tem realmente ciúmes daquele pegajoso, que eu não ficava nem que fosse o último homem da terra.

Tudo no Alvarez me irrita, desde sua voz de taquara rachada ao seu respirar meio asmático. O problema maior não é o pacote, ou a casca, é que além de nada humilde, Alvarez acha que é o maior dos conquistadores. Ele é capaz de tentar seduzir uma samambaia por puro hábito. Sabe aquele cara que começa a falar mole, piscando o olho, e te dá vontade de perguntar: Alvarez, você realmente acredita que vai me pegar? Você realmente acredita nisso? Me responde, Alvarez!

– Separar, Alvarez? A Rosana é ótima. É só uma fase... Vocês estão há tanto tempo casados... Para com essa besteira, Alvarez!

– É, Clarice, você que nunca casou não sabe o quão difícil é manter um casamento vivo. E não precisa fingir que não está feliz com essa possibilidade...

Tem horas que prefiro ser surda. Nesse caso, cega e surda, mas acabou que só fiquei muda. Engoli seco, mexi o café, olhei para a janela e saí dizendo: "Alguém tem que trabalhar".

Tem dias que acordo e penso: "saindo para mais um teste de sobrevivência nesta louca sociedade, que se cercar vira hospício e se cobrir vira circo". Ok, piadinha antiga, mas que não saiu de moda. Pior é ter que ouvir sempre essa frase de que porque nunca casei não sei das coisas e saber que, nem que seja em sonho, o Alvarez realmente acredita que pode ter chances comigo. Juro que preciso descobrir quem é o terapeuta dele, que consegue gerar tamanha autoestima. Eu, toda trabalhada no estilo, estou com a minha passando por debaixo da porta.

Cenas como estas me fazem perceber, mais uma vez, como o mundo é injusto.

No meio daquela manhã comemorativa e de festas, pulou uma mensagem, específica, que me fez sentir todo o descontrole que estava lá estacionado no canto esquerdo do peito.

"Parabéns pelos 10 anos, parabéns pela obra de Niemeyer concluída. Sei que hoje é um dia importante para você, sempre estarei aqui como seu fiel admirador."

Na boa, mando à merda agora ou daqui a pouco? Senhor das criancinhas inocentes, tenha piedade das coroas desencontradas. O maestro solado, que se auto retirou da história, quase me fazendo acreditar que era eu quem estava encerrando o que nunca existiu, reaparece e me faz sentir todo este sentimento confuso de tudo ser para mim, quando nada é para mim. Sinceramente, as pessoas deviam ter mais respeito emocional com as outras. Amiguinho aí de cima, dá para fazer a tecnologia falhar em mensagens como estas?

Mas, sabe o que é pior? O pior é que eu gostei. A mensagem me prova que esta dor só existe porque é de verdade. O enxergar é verdadeiro, o gostar também, não foi mentira. Porém, a verdade é que não era para ser. Às vezes, a coisa certa a fazer e a mais difícil são as mesmas.

Estou na fase em que qualquer post na internet parece me servir. As redes sociais, para mim, viraram um enorme livro de autoajuda. "Respira, inspira, não pira"; "inteligente não é quem sabe para onde ir, mas quem aprendeu para onde não deve voltar"; entre novecentos e oitenta mil outras mensagens nesta linha.

Eu devia ter proposto terapia de casal para o Alvarez, será? Bom, eu poderia ter falado com o maestro para fazermos. Ou seria muita insanidade propor isso depois de três meses de um não relacionamento, mas de amor infinito?

Se a mulher sugere um negócio destes com pouco tempo de relacionamento, ela é taxada de louca (ainda mais quando não há um relacionamento). Mas se o homem propõe isso, ele é visto como fofo, interessado, aberto, maduro... Super justo!

Ahhhh, o maestro... Acho que este não vou dizer o nome, será o maestro. Podia amá-lo por uma vida toda. Não era paixão, sexo, ou aquela química de dar choque. A paixão faz parecer que existe um ser vivo dentro de você e esse ser tem um nome: ansiedade. No caso do maestro não era isso que me tomava, ao contrário, ele me dava paz, era como se fosse ouvir o barulho do rio, aquela coisa gostosa, viva, vibrante, mas que te traz calma, te nina. Estar com o maestro era como estar em casa em dia de festa. Era ter um homem ao lado que cuida de você, mas também um menino, que precisa de você. Com ele tudo era fácil, encaixado, aberto. Tão aberto, que avisou que outras também seriam regidas. Não por galinhagem, mas pelos motivos que nem ele sabe e que meus anos de análise me ensinaram a perceber. Eu podia ter falado para ele, mas se nem os analistas fazem isso, quem sou eu para tirar dele a melhor parte, o fazer descobrir.

Às vezes odeio ser esta pessoa que me transformei, o bonzinho sempre se ferra. As mulheres más conseguem tudo o que querem e até o que não fazem questão, só por capricho. Enquanto eu sou capaz de levar um fora, ficar em caquinhos, mas colocar o outro no colo por entender os motivos dele e não querer que ele se sinta culpado. Claro que entender não é concordar, mas acredito que não teria como eu fugir muito disso. Sou dessas que entende que um olhar egoísta não atinge a amplitude.

Quando eu escrevi no e-mail que tinha acontecido algo, que não era ele, nunca foi, era verdade. Aconteceu que decidi sair da Arquétipos Arquitetura. Demorei dez anos para perceber que esta minha falta de vontade de abrir meu negócio para não ficar presa a um local era uma falsa sensação de liberdade.

Não sentia dor pelo maestro, sentia pena da situação, um sentimento de perda. Nos reconhecemos, nos conquistamos, mas não deu tempo de construir laços de intimidade e grandes raízes.

Hoje ainda dói, não por você, maestro, mas por todos os músicos que não tocaram a minha melodia. Achei interessante quando me falou: "Você pegou toda a sua história e descarregou em mim. Agora sou o responsável por todos". Sim. Desculpe, não era a intenção, mas inconscientemente acabamos passando adiante nossas expectativas não vividas. Expliquei que não era responsabilidade sua, mas se a carapuça serviu, a interpretação também foi sua.

Resolvi não responder. Por mais que eu tivesse gostado de receber aquela mensagem de data anotada em sua agenda, preferia guardar a lembrança de nossos jantares no terraço da piscina, eu usando o chinelo do Wally de seu filho, com sua camiseta furada.

Não fomos para Paris, ou a Itaipava. Não passamos o *réveillon* juntos, ou cuidamos um do porre do outro. Nunca sequer brigamos. Isto porque somos perfeitos? Claro que não, só não tivemos tempo de descobrir as imperfeições e amá-las. Quando passamos a amar as imperfeições, aí sim é amor.

Até eu acho este discurso além de maduro, lindo. E como sempre tive quedas por belos textos, me agarro a eles como se fossem uma oração de Santo Antônio e sigo.

De alguns anos para cá passei a olhar as coisas com mais pé no chão e a acreditar um pouco mais na sorte e no destino – exceto quando ando de motocicleta. Outro dia li uma frase (mais uma na internet, no estilo mensagem criptografada para mim): "seja realista, sempre deseje o impossível", de Paulo Coelho. Serei eternamente uma realista de sonhos impossíveis. Mas, não seria o ficar mais um dia, mais uma noite, mais uma transa, duas, três, ou todas quando ele me chamasse que o fariam ficar. Quem quer ficar, fica, sem precisar pedir para ficar, vai ficando e quando se dá conta, já é.

Apaguei a mensagem para que ela não ficasse ali me lembrando que eu precisava te esquecer e fui lixar uma unha lascada.

Capítulo **6**

Alvarez não parava de me dar piscadinhas e a levantar o braço em sinal de brinde.

– Uhu, brinde ao sucesso, Alvarez! – pensei.

Me poupe, cada um que me aparece...

Estava pensativa. Materializar estes dez anos, meu portfólio, prêmios e ver as fotos da obra de Niemeyer que acabou de ficar pronta e que participei como a principal arquiteta do projeto, me faziam sentir algo novo, ou que tudo aquilo já era velho.

Sabia que minha missão ali havia terminado. Estas coisas a gente sente, sabe, dispensa legendas.

Outro dia estava conversando com uma amiga dois anos mais velha que eu e divorciada há um bom tempo. Flavinha conheceu um cara legal e ficou se forçando a sair com ele por um tempo porque ele queria algo sério com ela. Entendo ela querer tentar, aliás, acho que devemos tentar sempre quando há disposição. Quem busca o amor deve se dispor a isso. Mas ela percebeu que o *click* que uma relação precisa ter não ia chegar com um, dois, três, nem todos os meses que tentasse.

– Flavinha, você fez bem em terminar. Já esperamos tanto tempo pelo amor, que diferença faz agora, esperar mais um pouco? Não dá para ser pouco. Na hora que bater a gente vai saber, não será necessário forçar...

Nestes dez anos vivi alguns amores, alguns namoros, mas nenhum como o que tive com Timmy ou Marcus. Teve um que namorei uns três anos, mas que não me disse muita coisa. E acho que não era para dizer mesmo.

Durante esse tempo sustentei uma falsa ilusão de que gostaria de me relacionar. Projetava amores impossíveis só para que o relacionamento não acontecesse. Hoje tenho isto claro. Amores descartáveis, um emprego sem sociedade, um apartamento ainda não quitado... Eu que falo tanto em comprometer-se, por que passei tanto tempo descomprometida, em uma posição de sair fácil?

Quando a gente sofre muito com algo, por mais que a dor passe, aquele código genético fica instalado em você, e esse código tem o nome de medo. Medo de sofrer tudo novamente. Acho que passei estes anos mais buscando evitar a dor do que ser feliz.

Percebo agora que os corajosos caminham com o medo e os covardes evitam a dor. O medo de perder é tanto, que é melhor não ter.

Sou um grande paradoxo de mim. Tenho duas "mins" dentro de mim. A parte racional e a parte emocional. A racional, essa mulher de 38 anos, e a emocional ainda no pré-escolar, tentando se alfabetizar.

Não sei o que aconteceu hoje, que chave virou, mas parece que abriram as cortinas e que tudo clareou. O que estava assim meio turvo, esquisito, agora está claro, verbal.

Outro dia meu pai me perguntou: "Clarice, quando você vai crescer, minha pequena Peter Pan?"

Achei aquilo um deboche. Quando que a madura Clarice, a arquiteta bem-sucedida, estaria sofrendo a síndrome de Peter Pan? Homem é assim, mulher não. Mulher amadurece antes, tem relógio biológico, se dignifica pelo amor e não pelo poder.

Ok, sempre fui moleca. Gostava de brincar na rua com os meninos. Com 18 anos, antes de ir para Nova York, fiz a primeira de algumas tatuagens que tenho. Escrevi *Freedom* dentro de um infinito na nuca para que, quem me olhasse despercebido, percebesse que eu era livre. Livre e com uma vontade enorme de me prender.

– Clarice, quer uma carona para casa? – perguntou Alvarez.

– Não, Alvarez, obrigada, vou de bicicleta.

O escritório, que é no Jardim Botânico, em uma casa toda de vidro, tem vaga na porta, fica a pouco menos de quinze minutos de bicicleta elétrica da minha residência. Dependendo do tempo, do calor e das visitas a clientes e obras, vou na minha bicicletinha amarela, que chamo de magrela.

Depois do tombo na Margarida, com seus poucos itens de segurança, tomei juízo e parei de andar de moto. O que comprova mais uma vez a minha dificuldade em lidar com a dor.

Na volta para casa, em vez de seguir as cercas do Jardim Botânico, resolvi entrar e dar uma volta, respirar aquele ar, admirar o Cristo, a luz entre as palmeiras e seus longos troncos. Ar, amplitude, oxigenação, barulho dos pássaros, colorido das flores.

Talvez entrando em contato com a essência da natureza eu conseguiria entrar em contato com a minha essência para, quem sabe, sair deste gerúndio de confusão.

Capítulo 7

— Clarice, você tem certeza?

— Claro pai, acho que nunca tive tanta certeza do que eu não quero... — e ri.

Meus pais são engraçados, estão juntos há 48 anos e brigam o tempo todo. Brigas bobas, implicâncias, coisas do dia a dia. Minha mãe é hiperativa e passa o final de semana limpando a piscina e reclamando do caseiro, mesmo sabendo que em volta dela existe uma floresta e que nem que ela queira vai poder evitar de uma folha ou outra cair.

— Mãe, o que você está fazendo com essa peneira na mão?

— Vou tirar as folhinhas da piscina...

A dona Helena, que vive para a família, em pleno final de semana fica passando para lá e para cá catando folhas e reclamando da quantidade de serviços dentro de casa, enquanto meu pai fica sentado de sunga e sapatos sociais descascados, fumando o seu cigarro. Não consigo entender como até hoje minha mãe ainda se irrita com os sapatos sociais velhos do meu pai e pelo fato de ele não conseguir usar chinelos de dedo...

— Senta aí, Helena! Vai pegar um sol. Relaxa mulher...

— Como relaxar, Egberto, com essa piscina imunda?

Tem certas coisas que não vão mudar. As relações se estabelecem assim e se tirarem alguns elementos, parece que tiraram também parte da identidade da relação.

Todo domingo, na casa dos meus pais, é um dia em família, piscina, almoço, lanche no fim de tarde. Quem quiser aparece. O lanche é sagrado, costumamos juntar todos para uma bagunça familiar. Adoro, até porque morro de saudades dos meus sobrinhos. Às vezes vou jantar, ou passo na casa dos meus irmãos para visitá-los, mas dia de domingo, é dia de domingo. Mas, se estou em dias de Clarice, pode ser Natal, que a interação fica para outro dia.

– Vai ficar para o lanche, minha filha? – perguntou minha mãe enquanto eu fritava no sol.

– Hoje não, mãe.

– Dias de Clarice?

– Dias de Clarice...

Meu humor e vontade de interagir com pessoas sempre oscilou muito, hoje não mais tanto, porém, na minha adolescência oscilava demais. Entendi anos depois que meus dias de Clarice aconteciam principalmente para chamar a atenção dos meus pais. Quando se tem mais três irmãos é preciso chamar atenção para se ter atenção.

Meu pai sempre gostou de reunir a família em viagens em datas festivas – nada muito longe – praia, serra, hotel-fazenda. Amava ir para um hotel-fazenda específico porque tinha um lago com pedalinhos para fazer corrida de pedalinhos entre as famílias – tios e primos. Nunca descobri o porquê de ele amar tanto pedalinho e continuo achando melhor ficar sem descobrir. Mas, teve uma vez, quando eu tinha 16 anos, que não queria ir de jeito nenhum para o aniversário do meu tio no bendito hotel-fazenda. No mesmo final de semana seria também a festa da Patrícia, minha melhor amiga da escola em uma discoteca – o *must* da época. A turma inteira ia, inclusive um paquera do 3º ano. Depois do trauma da minha primeira traição aos 15 anos, não pratiquei muito a paquera e os beijos, e tinha certeza que na festa da Patrícia eu teria a chance perfeita de me aproximar do Hugo. Porém vou ficar sem saber para sempre o que podia ter acontecido, pois, não fui à festa.

Usei de todos os argumentos possíveis com meus pais para não viajar e ir à festa. Disse que ia fazer greve de fome, sair de casa, nunca mais falar com eles, falei até que iria me matar, mas drama em vão, nada funcionou. Então fui com toda a família para o hotel-fazenda, mas decidi que não iria falar com ninguém e nem sair do quarto para qualquer atividade familiar. Disse para o meu pai que ele era um ditador, que não tinha nada mais idiota que aquela corrida de pedalinhos e que aqueles não seriam dias em família, mas sim dias de Clarice. E nesse manifesto juvenil, nasceu dias de Clarice.

Como esta semana foi densa, tiveram muitos acontecimentos e emoções, administrar hoje três irmãos, quatro sobrinhos e as cunhadas, mais meu pai, minha mãe com sua peneira na mão, impossível! Ainda mais que vão me encher de perguntas sobre os dez anos de empresa, a obra de Niemeyer e mais uma vez se estou namorando, bem como todos os motivos pelos quais ainda estou sozinha devido ao meu grau de exigência. Logo, prefiro dias de Clarice com vinho, música, literatura e Chanel ao meu lado que nunca me perturba.

Será que é tão ruim ser sozinha?

O Natal lá em casa é uma festa, família grande é assim, e ainda bem que é assim. A árvore é enorme. Minha mãe mandou fazer umas bolas com os nomes dos filhos, dos netos, dos maridos e esposas e deixou uma sem nome para quando eu tiver o meu respectivo.

Quase perguntei (claro que não) para o maestro se ele queria fazer parte da bola de Natal da árvore lá de casa, mas dado que ele não quer estar nem na minha cama, imagina se vai querer estar na minha bola de Natal?

Dias de Clarice... Nada mais comum para cuidar de sentimentos não tão comuns, que não aparecem todos os dias.

Outro dia estava tomando um café com uma amiga minha, conversávamos sobre a exposição dela em Berlim, novos artistas e planos futuros. E é claro, homens e dietas. Ela vive brigando com a balança.

Enquanto conversávamos apareceu uma menininha de nove anos, mas com cara de seis, vendendo uns panos de prato bordados, super bem feitos. A menininha, de nome Rayra, nos abordou à mesa na varanda com um discurso educado e surpreendente. Sua desenvoltura, visão de mundo e forma que falou da família, impressionaram a mim e aos que estavam nas mesas ao redor. Ela vendeu todos os paninhos. Olhei para aquela menina pobre, mas bem cuidada, sozinha, mas que tinha amor. Ela disse que sua mãe era legal porque não bebia e não batia como as outras mães e que cozinhava para ela.

Fiquei tão envolvida com aquela menininha que quer ser atriz, mas que gostou do meu conselho para que fosse jornalista, que pensei: caso ela não tivesse amor, adotaria essa menina agora.

Quando penso na maternidade, penso nos sentimentos que ela representa para mim. E fica difícil definir certas coisas, pois, entendo que quando se é mãe, pai também, descobre-se o maior amor do mundo, algo novo, ainda não sentido, maior que você. E acho que só por isso muitas decisões já não podem ser tomadas. Como vou decidir algo que ainda não senti? De qualquer forma, entendo que a vida toma o fluxo que deve seguir, filho natural ou adotado, tenho certeza que o amor será igual, maior que eu. E ser mãe ou não ser, isso só será um problema, quando for um problema. Então, prefiro pensar nisto um outro dia.

– Clarice, você tem certeza?

– Do que, pai?

– Alvarez vai sentir a sua falta... – E me fez um cafuné enquanto pegava sol.

– Pai, pai... Alvarez vai ter um treco quando souber. Só espero não precisar ter que chamar uma ambulância para socorrê-lo, caso venha a desmaiar com a notícia... Que horas são?

– Duas e quarenta...

– Já? Preciso ir. Tenho um compromisso...

– Você está transando com alguém?

– Claro pai, todos os dias!! Inclusive vou dar umazinha agora às três horas e já estou atrasada...

– Clarice, me respeite...

– Egberto, me respeite...

Me despedi de meus pais e fui embora na magrela.

Capítulo 8

Voltei para casa pedalando, mas antes dei uma volta na Lagoa. Já que estava elétrica, deixei de lado a energia da bateria da bicicleitinha e resolvi gastar a minha. O sol ainda queimava e, por isso, fiquei só de short jeans e a parte de cima do biquíni e constatei que eu com meus 38 anos estava muito melhor que muita garotinha, graças hoje a yoga e ao pilates. E, mesmo melhor, independente, mais legal, mais analisada e melhor de cama que muita garotinha, continuava para titia.

Nunca fui fã de academia. Já fui dessas corredoras e seguidoras de pequenas maratonas, ou grandes até. Minha maior aventura foi a de Berlim, mas com o tempo, a preguiça e um joelho bichado, acabei optando por alternativas mais relaxantes.

O final de semana estava acabando, mas os dias de Clarice vieram para ficar. Bom, ruim? Vou hospedar os dias e descobrir.

Ao passear na magrela ouvindo MPB, fiquei pensando nos meus caminhos. Não fechei a viagem de Cuba com meu pai, não quitei meu apartamento, não abri meu negócio, não fui morar fora novamente, não casei, não plantei uma árvore, não escrevi um livro, não tive filhos e não mandei ninguém à merda. Nunca mais tive um deus grego tocando sax pelado para mim, e sexo agora sabe-se lá quando. Já a possibilidade de uso de drogas deu espaço ao uso de remédios para dormir e, recentemente, a um antidepressivo leve. Ok, comprei um gato e uma bicicleta, se é que isto conta.

Cheguei em casa suada, meus pensamentos não paravam e já estava de saco cheio de mim mesma. Até o meu cheiro de suor incomodava. E mais uma vez voltei à minha definição do momento: inquieta.

Olhei o apartamento, meus manjericões. Os raios de sol ainda entravam pela sala e era uma delícia ouvir o som do silêncio que desacelerava meus batimentos e minha inquietação.

Adoro meu apartamento, a arquitetura antiga do prédio, mas o que ele tem de mais especial é a área externa com churrasqueira e a vista para o verde, que abriga tucanos, micos e belos pássaros, algo único, digo que vivo em um artigo de luxo à moda antiga, em extinção.

Minha sala se estende para a área externa, onde fiz um pequeno escritório-ateliê. De lá posso trabalhar olhando as estrelas e sentir o cheiro de chuva. Usei na decoração um pouco de tudo, não por indecisão, mas sim por opção. Fiz um equilíbrio entre o moderno, clássico, *vintage* e casual. Montei uma casa que contasse uma história, a minha história. Cada peça foi escolhida a dedo. Queria uma casinha que não desse vontade de sair dela e talvez seja por isso que saio pouco; missão dada, missão cumprida.

Aproveitei bem a luz natural e o verde, coloquei paredes de vidro para criar um ambiente com cara de casa dentro de um apartamento. Sempre fui do mundo, mas construí minha bolha naquela pequena rua escondida. E talvez tenha sido exatamente assim que fiquei nestes últimos anos, pequena e escondida.

Aprendi que um lar é como nós, nunca estará pronto, nunca estaremos prontos. A vida é essa eterna construção e saímos dela quase como a obra da Sagrada Família de Gaudí, inacabada, mas cheia de beleza, riqueza e identidade.

Tomei banho, coloquei uma camisola, fiz um sanduíche de atum, abri um vinho de supermercado, liguei o som e fui para o terraço ficar na espreguiçadeira. Comprei uns móveis de madeira para o terraço, em Tiradentes, pelos quais sou apaixonada. Minha peça predileta é o mesão com os bancos no estilo piquenique. Peguei um cigarro de sobremesa. É, também não parei de fumar, mas comprei uma gata e uma bicicletinha, se é que isto conta.

A noite estava quente, o vinho branco gelado, o sanduíche natural, a música ao fundo, o cigarro ali para acompanhar e os pensamentos descansando um pouco e, mais uma vez, foi bom ouvir o som do silêncio.

Às vezes gastamos o nosso tempo só para passar o tempo do outro, sem o menor propósito.

No e-mail vomitado para o maestro, coloquei que era um desperdício esse transbordar todo sem ter alguém para receber. E naqueles minutos de silêncio entendi que se eu encontrasse um propósito para receber todo este eu, conseguiria me esvaziar aproveitando o melhor de mim e não desperdiçando o meu melhor, e assim ficaria em paz.

Esse aproveitar o melhor de mim era abrir o meu próprio escritório de arquitetura. Ou minha marca. Tenho clientes, projetos, um apartamento inspirador, prêmios e sonhos.

Uma vez, conversando com um advogado lá do escritório, ele falou: "Clarice, você só precisa voar. Voa, as asas estão aí."

Discursei anos pela liberdade e, no final, fiquei enraizada na terra. Acho que vivi na síndrome do pato: que tem bico, mas não pia, tem asas, mas não voa, e acho que tem mais alguma coisa neste ditado popular que não me lembro.

Deitada como uma pata na espreguiçadeira fiquei. Pseudo alimentada, com a taça de vinho na mão e ao som de *Isn't she lovely*, de Stevie Wonder, observava minha tatuagem de asas que fiz no calcanhar na época das corridas, no estilo pé de vento. Acendi o cigarro de sobremesa e fiquei ali, deitada sentindo a brisa quente passar com cheiro de manjericão.

Precisava regar as plantas.

Naquela melodia sorri para as margaridas nas jardineiras e lembrei da El Babero e das alegres jardineiras espalhadas por toda Barcelona.

Sempre adorei esse nome, poderia abrir a Jardineira Arquitetura; pena que as jardineiras não têm espaço aqui no Rio de Janeiro. Preciso de um nome, de um bom nome que se encaixe e preencha o silêncio desta rua pequena e escondida.

Ao som de Stevie, adormeci.

Capítulo 9

— Que cara é essa, Alvarez?

— Clarice, como você me dá uma notícia destas em plena segunda-feira?

— Quer agendar outro dia?

— Para de brincadeira, Clarice!

— Nunca falei tão sério, Alvarez...

— São dez anos, Clarice. Uma relação sólida como a nossa não se termina assim.

— Alvarez, você quer terminar seu casamento de 25 anos por uma de 25 e eu não posso terminar esta relação que nem de sociedade é para montar meu próprio escritório?

— Não, Clarice, são coisas diferentes. Quero terminar para ficar sozinho...

— Eu também quero terminar para ficar sozinha.

— Eu não deixo você se demitir!

— Menos, Alvarez, você não é meu pai, abaixa esse dedo.

— Clarice...

— O que é Alvarez?

— Vamos fazer uma sociedade, nos damos tão bem...

— Foram dez anos, Alvarez. Você levou dez anos para entender isso? Sim, nos damos muito bem trabalhando.

— Você não pode nos deixar e levar meus clientes.

— Seus clientes?

— Ok, nossos, construímos juntos.

— Sim, construímos juntos e foi bom, mas acabou. Quero seguir sozinha. Deixe os clientes escolherem, não tenho a guarda deles.

— Mas, você tem a fidelidade deles.

— Tenho porque sempre fui fiel e cúmplice. Apenas olhei nos olhos, nada além da confiança.

— Aprendi muito com você, Clarice.

— Você me irrita, Alvarez, mas também aprendi muito com você, obrigada.

— Não posso te perder, Clarice. Sai de férias, viaja, pensa um pouco e na volta vamos conversar sobre a sociedade. Parte da Arquétipos é sua.

— Sempre soube disso, pena que você não. Mas Alvarez, isso não importa agora, nem sei se queria sociedade. Estou apenas em outra fase da minha vida.

— Pense um pouco, você deve estar naqueles dias...

— Que dias?

— Dias de Clarice, não é assim que você chama? — e riu.

— Sim, mas parece que esses dias vieram para ficar... Alvarez, é você quem está precisando digerir e pensar um pouco em como vai ser daqui para frente. A obra da Maria Marcondez, por exemplo. Me comprometo a finalizar os projetos que estou tocando, mas esta é uma decisão sua.

A conversa caminhava bem, mas como era de se imaginar, Alvarez achou dentro de seu lindo sonho encantado que, com sua sedução cafona, me convenceria a ficar. Se passaram dez anos, e só agora ele vem me oferecer sociedade? Meio piegas e batido falar isso, mas as pessoas só dão valor quando perdem... Tudo bem que se eu fosse mais ambiciosa, empreendedora e menos acomodada, eu já teria conseguido essa sociedade faz tempo. Mas, como já expliquei para mim mesma, acho que nunca quis essa parceria com o Alvarez. Meu talento não combina com seu charme barato.

Sentei em minha mesa e comecei a arrumar as coisas. Admirei pela última vez a vista privilegiada para o verde enquanto passavam uns miquinhos fazendo festa. Não escutava o barulho do escritório. Olhei ao redor e me emocionei por aquele passo que estava dando com tamanha convicção.

— Clarice?

— Sim, Eduardo.

— É verdade?

— Sobre o quê?

— Que você vai sair do escritório?

— É sim, Edu.

— E você vai para onde?

— Para casa! — e ri.

— Posso ir junto?

O Eduardo é um arquiteto brilhante, tem 29 anos e é uma graça. Altamente paquerável e totalmente hétero — coisa rara nesse *metier arquitético*.

— Edu, olha que eu levo, hein?

— Jura?

— Edu, o Alvarez me mata se eu começar a tirar gente daqui e os clientes...

– Clarice, isso aqui sem você não faz o menor sentido.

– Calma, Edu, você é novo, tem muito caminho pela frente.

– Sai comigo esta noite?

– Como? – respondi no reflexo, desconcertada com aquela pergunta.

– A que horas passo para te pegar para jantar? Podemos jantar e conversar, não podemos?

– Podemos...

– Passo às 21h, ok?

– Ok...

– Conversamos à noite então. – E saiu.

Opa! O que foi isso? O gracinha de 29 anos vai levar a tia Clarice para jantar, é isso mesmo? Parece que sim, mas confesso que não entendi aquele diálogo. Trabalho com o Edu há mais de três anos e ele me paquera há esse mesmo tempo. Tem uma namorada mais nova, linda de doer e loira natural. Parece uma boneca que acabou de sair da caixa.

O que o Edu quer conversar?

Arrumei minhas coisas, avisei a equipe e prometi voltar ainda aquela semana para um almoço de despedida. Acordei com o Alvarez as obras que ainda tocaria, liguei para os clientes e fui para casa.

Às nove da noite Eduardo me buscou e me levou a um restaurante peruano. Fiquei surpreendida com a criatividade e estilo do rapaz. Ele estava um gato, de jeans e polo. E o perfume? Nada mais sedutor que um homem cheiroso. Mas, 29 anos... complicado.

– Que legal este restaurante, Edu!

– Vamos tomar um pisco?

Ia mandar um *capisco* piscando o olho, mas achei idiota demais e respondi, apenas:

– Claro, vamos!

– Estou feliz que você aceitou o meu convite para sair, Clarice. Agora que você não será mais a minha chefe...

– Eduardo, você não tem namorada?

– A Paulinha? Acabamos tem três meses. E aquele cara que foi te buscar no escritório outro dia, cadê?

– Bateu asas e voou...

– Não estão mais juntos?

– Acho que nunca estivemos...

– Uhmmm... um brinde a esta noite.

Brindamos uma, duas, três, diversas vezes. Rimos, contei de Barcelona e ele de como se tornou arquiteto por influência da mãe. Eduardo era muito maduro para a idade e mais divertido do que parecia no escritório. Chegamos a sair umas três vezes para um chope, mas sempre com outras pessoas da equipe. Era a primeira vez que saíamos só nós dois.

Definitivamente era um encontro com nove anos a mais de diferença.

Não era a primeira vez que saía com um novinho, já tive algumas experiências com isso e confesso que o charme que eles provocam em nós, maduras, realmente seduz. Eles ficam encantados com a nossa maturidade, serenidade e simplicidade. Mulher mais velha não tem o "mimimi" das novinhas, fora que tem casa própria, independência e segurança na cama. A mulher mais velha sempre sabe extrair do mais novo o seu melhor com muita doçura; e o mais novo dá a leveza que a mais velha precisa.

— Clarice, você sabe que sempre tive o maior tesão em você, né? — E bateu com o pisco dele no meu. Que audácia falar isso, pensei.

— Em mim? De onde você tirou isso? — perguntei rindo.

— Clarice, você é uma mulher incrível — E pegou na minha mão.

— Defina incrível — pedi sorrindo de forma sedutora, depois de uns três piscos e um drinque de manjericão com pimenta dedo de moça.

— Nunca entendi por que você nunca se casou...

— Nem eu!! — falei gargalhando. O álcool sempre me faz parecer um megafone ambu-lante — mas, defina incrível — continuei.

— Você, além de inteligente, é uma grande arquiteta, bonita e sexy. Não sabia disso? Fora que parece uma garotinha quando joga esse seu cabelinho sedutoramente por onde passa.

— Ah! Obrigada!!

— Verdade. Você tem uma coisa que poucas mulheres têm.

— O que?

— Você é muito divertida e fica quieta na hora certa...

Fica quieta na hora certa? O que isso significa? Eu, quieta? Impossível.

Outro dia encontrei um desses projetos de amor infinito — cara que a gente conhece, se envolve, mas que tem namorada, porém, fica te alugando sabe-se lá por quê. Eu o encontrei depois de uns dois anos numa feira de interiores em São Paulo. Ficamos conversando e ele não parava de dizer o quanto estava feliz em me ver, como eu estava bem. Acho que esses caras que namoram e se casam, se apegam a você como se fosse um feixe de luz, ou a úl-tima memória da terra. Já você, solteira, mal se lembra de seu sobrenome, afinal, após sua passagem vieram muitos outros.

O fulano me parou por horas no corredor para contar sobre todas as suas vitórias, novo emprego, conquistas e que vai ser pai.

Nada me surpreendeu naquela conversa fiada, até ele me dizer que, quando me conheceu, achou que eu era o amor da sua vida e que quase terminou com a namorada na época. Arregalei os olhos quando ele falou aquilo com tamanha naturalidade. Lembro que me envolvi bastante com ele. Parecíamos dois amantes, sem amor consumado, almoçando e saindo clandestinamente por aí.

Porém, ele, que ia tão bem em sua declaração de amor, teve a pachorra de dizer que um dia, quando nos encontramos, eu falei demais. Segundo ele, falei aceleradamente sem parar, sem dar espaço para ele sequer respirar e que aí ele desistiu de querer viver alguma coisa comigo.

Na boa, o cara que em algum momento pensou, ou melhor, sentiu que eu poderia ser o amor da vida dele, mas desiste de mim porque um dia, só um diazinho, falei que nem uma gralha tagarela, realmente merece no mínimo um soco. Imagina se ele descobre que faço cocô quase todos os dias? E que só não faço porque meu intestino lento não deixa. Ele morre!

Além disso, quem disse que eu queria alguma coisa com ele? Ok, queria, mas quem lhe deu essa autoconfiança toda?

Senti um ódio que até lembrei de seu sobrenome que estava empoeirado na memória. Mentalmente o mandei para os piores locais imaginados. Porém, agora na maturidade, apenas respirei e respondi: "Pois é, as palavras matam". Pedi licença e me retirei.

A parte do falar muito nem me incomodou, porque falo mesmo, e lembro-me que naquele dia específico o Alvarez tinha me colocado em uma roubada e eu estava realmente fora do eixo. O que me irritou foi o fato de estar sendo julgada sem direito a cometer qualquer deslize, quando dentro de mim havia espaço para entender as maiores dificuldades e descobertas dele.

Injusto ou não, as verdades e desculpas sempre serão particulares e, por isso, não adianta discutir. No final, acabei até achando engraçado. Melhor uma verdade lamentável do que uma neurose mal resolvida.

— Eu, quieta?

— Sim. Você tem a sabedoria do silêncio.

Não tive como não soltar uma gargalhada interna ao mesmo tempo que sorria para Edu.

A noite foi surpreendente, Eduardo tinha o dom de me divertir. Falamos bobagens, zoamos o Alvarez e umas figuras singulares do escritório, me abri comedidamente sobre este momento que estou passando e até brincamos de sério, de mudo. Acho que foi por causa da minha capacidade de silêncio, da qual eu não tinha a menor noção de que fazia parte de mim.

Fechamos o restaurante, afinal era uma segunda-feira, e fomos tomar chope num barzinho ali do lado. Fechamos o barzinho. A noite parecia estar pequena para a nossa capacidade de beber e interagir, mesmo quando em silêncio.

O grau etílico estava já em sei lá qual nível, a língua embolava e a vontade estava à flor da pele.

Minha última interação masculina havia sido com o maestro há umas semanas. Antes disso teve o Jorge, um cara muito do descompensado que conheci em um bar e que tinha como principal objetivo colecionar mulheres via aplicativo de paquera no celular. Homens recém-separados, quando entram nesses aplicativos, ficam como crianças em piscina de bolinhas. Deixei ele lá para se afogar.

Pretendia ficar no meu canto, nas minhas mudanças, mas a vida vem e coloca esse belo jovenzinho cheio de charme e disposição na minha sala. Fazer o quê com esta informação tão atraente?

— Edu, acho que fechamos todos os bares. Hora de voltar para casa...

— A minha ou a sua?

— Edu, Edu, danadinho você...

E sem que eu conseguisse falar qualquer coisa a mais, Eduardo, que estava sentado ao meu lado, me puxou com força e me deu um beijo de tirar o fôlego. Que beijo! Por um breve momento, lembrei do Marcus, de Toledo. Tinha algo juvenil naquela cena... falando assim, parece que o garoto tem doze anos, quando na verdade já é um homem de praticamente trinta, cheio de atitude e pegada.

Nos beijamos até o seu Luiz, nosso garçom, já sem o uniforme, informar que precisavam fechar as portas do bar. Pedimos desculpas rindo e fomos para a rua, sem rumo.

O Edu não tinha a menor condição de dirigir, mas sabe como é bêbado, primeiro ele se acha lindo, depois rico, forte e, por último, invisível, que pode fazer qualquer coisa sem ser visto. E era mais ou menos isso, ele achava que poderia passar pela lei seca despercebido. Mas, dado que era segunda-feira, resolvemos arriscar.

Na porta da minha casa era mão aqui, mão ali, beijos molhados. Estávamos muito animados. A tensão pré-sexo preencheu cada espaço daquele carro. E confesso que sentia muita vontade em estar com ele, gemia com seus beijos.

— Edu, preciso entrar.

— Eu também...

— Ahaha, safadinho você!

— Deixa eu te mostrar isso lá dentro, dentro de você... Sempre te quis, Clarice...

A capacidade verbal do homem para transpor a barreira da tensão pré-sexo para o sexo me impressiona.

— Edu...

— Clarice...

— Eduuuuuuuuu...

— Clariceeeeee... linda Clarice...

— Edu...

— Aproveita então...

— Olha que aproveito...

— Opa!

— Mas não hoje...

— Vai cortar meu barato agora?

— Vou cortar o nosso barato agora, bebemos demais, você precisa acordar cedo e eu tenho muita coisa para fazer amanhã.

— Vamos passar a noite juntos, faço amor com você pela manhã, tomamos café e depois saio.

— Ai Edu... você é uma graça, uma delícia, me deixou com enorme vontade, mas não podemos misturar as coisas...

Discutir relação que não existe antes do sexo, nada mais broxante. E essa inserção, no caso verbal, foi estratégica para esfriar os hormônios e ganhar tempo para alguma decisão consciente.

Porém, o mocinho foi bem esperto. Ele aceitou minhas condições, mas disse que precisava beber água e ir ao banheiro. Ele mora em Botafogo com o irmão e pediu para subir um pouco, melhorar da bebedeira e voltar bem para casa. Tínhamos visto que não tinha polícia no caminho.

Já eram duas e quinze da manhã, eu estava bêbada e louca para passar a noite com ele, mas não queria misturar as coisas, nem ter que administrar informações no dia seguinte. A situação de não dar, não era para fazer fita, travar para prender o cara, ou pregar de santa. Aos 38 anos, essa prestação de contas à sociedade não cabe mais. Minha abstinência de sexo nesta noite era somente pelo fato de não querer encarar as consequências a partir do dia seguinte. Porém, uma vez que o deixei entrar, ele de fato entrou.

O sexo com o Edu não foi bom, foi muito bom. Não quero fazer comparações com outros, porque a nossa expectativa com o sexo está diretamente ligada ao que queremos com o cara. No caso do maestro, eu estava bastante envolvida, queria que nossa primeira vez fosse perfeita, um concerto e foi bem ok. Foi comum, dia a dia, silenciosamente bom para uma transa no meio de uma semana cansativa.

Com o Edu foi quente, animada para uma segunda sem lei. Rimos muito durante a transa, e que boca a dele, poderia passar horas, dias, semanas esperando-o passar as horas ali.

Resolvi ceder no sofá, liguei o botão do dane-se e deixei fluir sem pensar muito, pois, mesmo sendo com um cara nove anos mais novo que você, seu ex-funcionário, que mora com o irmão e que usa aparelho, é bom só se divertir.

Eu estava nua na cama, dormíamos abraçados quando senti seu corpo se afastar. Continuei deitada dormindo, não sabia se ele tinha ido embora, ido ao banheiro, ou se continuava por ali. De repente percebi uma respiração pelas curvas do meu corpo e dedos passearem levemente por mim. Uma onda de cócega gostosa percorreu meu corpo.

– Você estava tão bonita dormindo! – Disse ao meu ouvido enquanto me contorcia, acordando.

– Estava tão bom ficar dormindo...

– Quer continuar dormindo? – E me beijou.

Adormecemos novamente ainda suados.

No dia seguinte acordei antes dele. Foi engraçado ver aquela belezura deitada na minha cama. Fui para a cozinha fazer o café. Arrumei a mesa na varanda. Estava um dia lindo e já passava das oito. Eu não tinha muito o que fazer, ao contrário do que havia dito, mas o Edu tinha que ir para a Arquétipos.

Fui até o quarto acordá-lo. A capacidade masculina de dormir confortavelmente em qualquer ambiente sempre me surpreendeu.

– Bom dia, belo adormecido.

– Bom dia, bela de robe. O Alvarez daria tudo para ver o que eu estou vendo agora.

– Alvarez já pela manhã, no meu primeiro dia sem ele?

– Você sabe que ele tem uma tara por você, né?

– Por quem ele não tem tara, Edu? Para com esse papo mole, levanta para tomar café.

– Café?

– Preparei lá na varanda, vamos?

– Não antes de te dar bom dia direito.

E me puxou para cama. O resto foi bem, ou não tão bem, previsível.

Capítulo 10

Aquele mês logo após a saída da Arquétipos foi experimental e disruptivo, fora de qualquer padrão de dez anos. Parece que quando a gente toma uma atitude drástica, vira efeito dominó, uma coisa puxa a outra. Fui chamada para fazer parte da equipe de arquitetura do Museu da Imagem e do Som (MIS), fechei um projeto magnífico para a revitalização do porto na Praça Mauá e comecei uma obra que foi a que mais gostei, a de restaurar um prédio de 1910 na Rua do Lavradio.

O projeto do Lavradio me lembrava Barcelona e de certa forma encarei aquela obra como que para me restaurar. Eu estava em reforma, poderia dizer que estava desabrochando e, pela primeira vez em dez anos, me sentia plenamente livre.

Passei aquele mês surtando em busca de um nome para o meu escritório. Fiz buscas pela internet, caminhei na praia, na Lagoa, conversei com amigos, fiz exercícios para estimular o cérebro a ter *insights* criativos, plantei bananeira, mas nada que eu gostasse vinha à minha mente.

Os melhores nomes eram em inglês e eu não queria nada em outra língua. E o mais brasileiro que eu conseguia chegar era *Em reforma*. O que não dava a sofisticação que eu precisava. Rodei, rodei e quando me dei conta, o nome estava ali estampado na minha cara a vida toda, em cima do balcão da recepção suja.

– A senhora já tem cadastro aqui?

– Não tenho...

– Teria algum documento?

Clarice Flores... este era o nome, não tinha porque ser outro, eu não queria ser outra. Queria ser apenas eu, só eu, sem ajudantes, com meus medos, minhas falhas, minhas obras perfeitamente acabadas, ou não. Queria até as inacabadas com sua razão de existir. Nem sempre precisamos reformar tudo. Às vezes aquilo pode ficar ali, sobrando ou faltando.

Olhei a foto da identidade recém-tirada pós Barcelona, e me lembrei do mês que voltei, das mudanças, da vontade de liberdade. Naquela época tomei todas as decisões que não me davam o que eu mais queria. Agora sim, me sentia livre. A liberdade de alma é muito diferente da liberdade de direito, de ir e vir.

Subi para o meu compromisso com aquela sensação de felicidade que só sabemos quando sentimos. Ok, que comentário meio idiota, mas algumas sensações são às vezes idiotas mesmo.

– Bom dia, senhora Clarice. O doutor Paulo já vai recebê-la, vou levá-la até a sala de reunião.

E a moça de bunda empinada me deixou lá na sala de reunião com água e café aguardando o queridíssimo advogado olho da cara, da família, para os assuntos da nova empresa empreendimentos arquitetura Clarice Flores Ltda. Enquanto trocava mensagens com o Edu, que vai bem obrigada, eis que o maestro me manda:

> Ele: *Está por aí?*

A alma aparece do além com uma pergunta destas, porque te viu on-line, só para te deixar sem saber o que responder? Claro que estou por aqui, se estou on-line, estaria por onde? As pessoas hoje têm uma vida dentro do celular, um não existe mais sem o outro; e não é porque estou por aqui que quero falar com você. Não, não quero. Bom... não queria até lembrar que sempre vou querer falar com você até eu querer falar mais com outro que não seja você...

Olhei para a mensagem, ela olhou para mim, digitei, apaguei e fiquei com raiva porque sabia que ele me via digitar e apagar, logo ele assistia de camarote minha insegurança cumprimentá-lo.

> Eu: *Oi! Estou em uma reunião, algo urgente?*
> Ele: *On-line numa reunião? Que coisa feia.*

Mando à merda agora, ou daqui a pouco?

O "já foi tarde" ressurge das cinzas e ainda tira onda com a minha cara? Por que não ficou no seu harém solando, regendo às mocinhas de sua própria orquestra? Me deixa aqui, na recepção do querido sangue suga advogado da família, conversando com o meu pirralho de aparelho que nas horas vagas troca meu óleo e me faz rir.

> Ele: *Estou com saudades, por onde andas? Vi seu nome no jornal.*

Já posso mandar à merda.

Fiquei até tonta com esta rodada de prato. Viu meu nome no jornal... sou uma arquiteta famosa, maestro, só percebeu isso agora?

> Eu: *Já te disse, estou numa reunião...*
> Ele: *Vamos jantar hoje?*

Jantar hoje? A pessoa aparece do nada e acha que estou disponível? Ok, estou. Mas porque resolve aparecer? Só para me deixar com esta batata quente na mão? Não quero responder, não quero lidar com isso. Não quero... Não quero...

– Clarice?

O doutor Paulo já devia estar ali contemplando meus devaneios há uns cinco minutos.

– Bom dia, doutor Paulo. Estava aqui pesquisando sobre o registro do nome e fazendo umas buscas na internet pelo celular, nem vi o senhor entrar...

– Aceita mais uma água?

Pelo preço que vou pagar pelos seus serviços, só se for *Perrier*!

Conversamos muito e resolvi registrar o meu nome como marca. As pessoas não dão muita bola para isso, por ser um custo, mas nosso nome é nosso bem mais valioso e, se vamos usá-lo comercialmente, não vale a pena correr o risco de deixá-lo em risco. Felizmente Clarice Flores estava disponível para registro e quis encaminhar logo a papelada.

Aproveitei a ida para resolver todas as pendências jurídicas. Dei entrada na abertura da firma, conversei com o contador e vi também a quitação do meu apartamento. Quero torná-lo meu de uma vez. Chega de viver à prestação.

Já passava das três da tarde, o telefone não parava por causa da obra do Lavradio, mas não poderia passar lá hoje, tinha que ir à Ipanema ver umas maçanetas para a obra da Maria Marcondez. Ela não gostou das banhadas a ouro que escolhi a pedido dela. Estou cheia de projetos importantes e ainda tenho que me preocupar com os chiliques da maior perua do Rio de Janeiro e suas preocupações com os acabamentos de uma obra que ainda não tem nem portas? Vou mandar comprar umas maçanetas de rubi desta vez.

O bom de ocupar o seu dia, ou o seu tempo, é que você até esquece de convites para jantar de maestros apaixonantes. Estava tão entretida nos meus afazeres que esqueci que talvez tivesse que responder ao seu convite.

> Ele: *Passo para te pegar às 21h?*

Não, não passa, até porque às 21h estou assistindo a novela. Sei que você acha cafona, mas eu adoro.

Resolvi pegar o metrô já que tinha que ir a Ipanema.

Consegui um lugar para me sentar, peguei meu livreto de Clarice Lispector para ler, mas, quando o metrô chegou à estação do Flamengo, entrou um senhor parecendo não estar se sentindo muito bem com um homem mais ou menos da minha idade. Deviam ser pai e filho, ou pelo menos pareciam.

Ofereci meu lugar e o homem agradeceu balançando a cabeça. Estava preocupado. Continuei com meu livreto de Clarice nas mãos, *Um sopro de vida*, era o título. Este foi o último livro de Clarice, antes de sua morte por câncer, talvez ela soubesse que era definitivo.

Antes do vagão chegar à estação Arco Verde, o senhor colocou a mão no peito, gritou de dor e, no mesmo instante, caiu no chão. Sabia que ele estava enfartando. Seu suposto filho, mesmo desesperado, teve sangue frio e começou a fazer massagem cardíaca continuamente. Com meu livreto na mão, afastei a multidão, que parecia urubu em cima de carniça.

Quando o metrô estacionou, os bombeiros já estavam a postos e o senhor foi rapidamente levado, gemendo, para a ambulância. Os corredores, que não acabavam nunca, deram espaço para uma maratona, minha e do filho, atrás dos bombeiros, rumo à saída.

Quando entramos na ambulância, segurei na mão do rapaz e disse:

– Vai ficar tudo bem.

– Você é médica?

– Não, arquiteta.

Sem entender nada ele olhou para mim e piscou em agradecimento. De fato, qual louca arquiteta sai dispersando multidões, correndo atrás de bombeiros, tentando salvar vidas por aí? Nem eu sabia o porquê de estar ali, mas estava. Lembrei de Barcelona, do Marcus, do dia em que perdi meu apêndice. Da importância da ajuda daquele estranho, de sua mão segurando a minha, dele estar ao meu lado me dando amparo. Poderia sentir o suor de nossas mãos até hoje.

A ambulância gritava, o trânsito estava pesado e mesmo o hospital sendo ali perto, chegar parecia uma missão quase impossível. O senhor não estava respondendo mais, a equipe médica suava tentando reanimá-lo. Via o suor escorrer. A sirene berrava alto, mas resolvi ficar quieta e apenas segurar a mão daquele homem em estado de choque que pedia: "Salvem o meu pai! Salvem o meu pai! Por favor, salvem o meu pai!" – e chorava.

Antes de chegar ao hospital a equipe parou, não havia mais nada a fazer. O pai daquele homem estava morto, branco, com a boca e os olhos ainda abertos. A sirene se calou e eu fiquei ainda mais nervosa. Puxei o celular e vi uma mensagem do maestro:

Ele: *Não vai me responder?*

Meu Deus!! Não vou te responder, o pai de alguém acabou de morrer na minha frente. Isso é real, um sopro de vida, fragilidade. A vida é muito mais do que seus problemas, suas vaidades, suas conquistas, ou eu te responder só para me garantir na sua coleção.

Naquele silêncio, me dei conta de como estamos. Por defesa, por nervosismo, para sair do real, puxamos o virtual para nos proteger. Só faltava eu querer agora postar nas redes sociais aquela cena de Nelson Rodrigues que participava.

O homem não parava de chorar. Guardei o celular enquanto a ambulância parava em frente ao hospital. Senti a tristeza latejar. Chorei também. Nenhuma palavra tinha espaço naquele momento, nada diminuiria a dor daquele homem. Sem falar nada, ainda segurando a sua mão o abracei.

Foi um abraço longo, encaixado, com cheiro de dor e suor. Ele tremia, eu tremia. Mesmo aquela cena não sendo minha, era minha, eu estava ali. Era tão real que podia tocar nela. Barcelona ficou ainda mais forte dentro da ambulância. Marcus, aquele que me tirou do meu maior momento sozinha de dor e me deixou na maior dor até hoje vivida, também estava lá. O homem me abraçava forte e eu sabia da importância de ter um estranho em seu momento mais frágil segurando a sua mão sem pedir nada em troca.

Por impulso, o coloquei em meu colo e comecei a niná-lo para tentar acalmar o seu choro, e ali ele ficou aninhado. O tempo passou envolto daquela energia tensa. Naquele momento, não sei se apropriado, me dei conta dos motivos pelos quais muitos dos homens me veem no papel de mãe deles. O homem não quer uma mãe, mas sim uma mulher. E, na sequência, me vieram outras cenas que ilustram outros motivos dos homens também só me quererem em suas camas.

Por outro impulso, agora reativo, o levantei, enxuguei suas lágrimas e disse:

– Precisamos sair da ambulância.

– Ele estava tão bem antes de entrarmos no metrô... ele não gosta de andar de carro. Tem medo de acidentes, fica nervoso... tinha medo de sofrer um infarto...

Sabia que precisava falar alguma coisa, mas as palavras não saíam. O que eu poderia dizer? Não viemos com um manual: em caso de perdas, use estas palavras, ou aja desta forma. Aquele homem feito, de cabelos castanhos com um leve grisalho, falando ainda no presente, me tirou o chão.

Saímos da ambulância ainda abraçados:

– Qual é o seu nome?

– Clarice, e o seu?

– Obrigado, Clarice, por tudo, de verdade... me chamo Marcos.

É... realmente a vida é irônica.

Capítulo 11

Cheguei em casa exausta, pesada. Não tinha comido nada, mas estava sem apetite. Nem lembrar de fumar um cigarro eu lembrei. Edu estava preocupado, já havia mandado diversas mensagens. Não consegui ver puxador nenhum em Ipanema e tinham uns cinco recados daquela louca da Maria Marcondez no meu celular. Definitivamente o Alvarez me deve uma por pedir que eu mantivesse aquele projeto sob a minha gestão. Odeio ele!

Não queria falar com ninguém. O maestro ainda insistiu e mandou mais uma mensagem:

> **Ele:** *Acho que virei abóbora.*

Ele sempre consegue tirar, no mínimo, um risinho de canto meu, mesmo estando cansada até dele.

Quando saí do hospital, Marcos estava um pouco melhor. Disse que se dava muito bem com o pai, mas que não fazia muito tempo que isso havia acontecido. E talvez por isso, demonstrava que ainda não era a hora para aquele rompimento.

Mas o tempo não espera o nosso tempo, Marcos.

Não entendo por que tem pessoas que passam anos se desentendendo com quem mais querem se entender. Nunca me afastei da minha família, só na época que morei fora, porém, foi um distanciamento de corpo, não de almas. Sempre fomos ligados e participativos um da vida do outro, mesmo com todas as diferenças. Não vejo sentido não ser assim. Amar de verdade é amar também as diferenças e saber lidar com elas, senão vira um sofrimento constante.

Saí do banho, passei um creme de rosas pelo corpo para trazer um pouco mais de cheiro e leveza. Brinquei com a Chanel, dei leite para ela, tomei um chá de hortelã bem quente acompanhado de um cigarro, me esparramei na cama e adormeci antes mesmo da novela acabar.

O despertador tocou as oito em ponto. Acordei, e no celular tinham algumas mensagens não lidas de trabalho, uma da minha mãe querendo saber de mim, mais uma do Edu preocupado e uma que me chamou atenção:

> *Clarice, não sei por que o destino a colocou naquele vagão, mas você estava lá segurando a minha mão e foi muito importante para mim. Tenho certeza de que meu pai também te agradece por tudo. Durma bem. Um beijo, Marcos.*

Mesmo antes de me levantar da cama quente, o telefone tocou.

– Oi, Edu! Tudo e com você? Tô viva sim. Eu? Que homem? Está viajando! Ihhhh, era ontem? Ahhhh, desculpe nem lembrei! Calma! Calma, Edu, vi um homem morrer na minha frente no metrô! Como assim morreu? Morreu, enfartou. Fui ao advogado no centro e voltei de metrô, aí um senhor começou a passar mal e eu ajudei o filho dele. Não, não era uma criança, já era homem feito, mas acho que quando se perde o pai nos braços, todos viramos criança, não é mesmo? Sei que você não está debochando... foi complicado... fiquei exausta... é... e o show do seu amigo, foi bom? Como é mesmo o nome da banda, Lobos de Botas? Eu, rindo? Tô rindo não! Eles cantaram de botas? Você deu a canja? Uhmmm... que legal, pena que perdi. Quando os Lobos de Botas tocam novamente? Uhm... Edu, preciso ir... tenho que correr para a obra do Lavradio, vou conversar com o novo empreiteiro... o seu Bill? Ihhhh, virou gás, evaporou, sumiu, deve ser coisa do Alvarez, te juro! Não!! Deixa quieto isso, fala nada... não vamos misturar as coisas, e minhas obras, resolvo eu, tá? Hoje? Edu, preciso resolver isso agora as oito da manhã? Irritada? Não, mas é que não tomo nenhuma decisão na minha vida antes das nove, ok? Edu, preciso me arrumar, falamos mais tarde. Beijos.

É isso mesmo? Estou vivendo um pseudo relacionamento com um pirralho de aparelhos, que mora com o irmão e que transa muito bem, obrigada? Até uns meses atrás o máximo que eu conseguia atrair era mosquito. Agora, tem a alma penada do maestro, um novinho querendo confirmar compromissos às oito da manhã e uma surpresa misteriosa com cenas para um próximo capítulo. Não me admiraria nada o Jorge sair da sua piscina de bolinhas e vir me procurar.

Até queria ficar na minha, de retiro, focada na abertura do escritório, nos novos projetos, na nova fase, no voo livre, mas parece que é só você querer ficar quieta que a vida vem e sacode tudo. Não que eu estivesse feliz no limbo, não que eu esteja sentindo falta da linearidade destes dez anos, mas até que eu estava convencida em fazer meus movimentos sozinha, passar por isso solando, como o maestro gosta de dizer.

Outro dia li uma frase de Norman Mailer: "As pessoas ficam procurando o amor como solução para todos os seus problemas quando, na realidade, o amor é a recompensa por você ter resolvido os seus problemas".

Não que eu tenha resolvido os meus problemas, não que eu tenha encontrado o amor, continuo inquieta, mas menos amargurada – acho. Acredito que caminhei um pouco e estou encontrando a paz, ou estou me encontrando, ou quem sabe parando de me esconder. Pelo menos coloquei Clarice Flores para florescer, acho que foi isso o que aconteceu e acho que são estes os frutos que a vida vem apresentando.

Passei na obra do Lavradio, na da Praça Mauá e resolvi as maçanetas da Maria Marcondez.

No fim do dia fui para a casa da minha irmã, Laura, dar um beijo nela e no Pedrinho, meu sobrinho. Tenho que me desdobrar de vez em quando para ver a família, caso contrário sou taxada como a que não se interessa, a ausente, entre outros adjetivos escutados por uma vida toda.

Mas Laura e eu sempre nos demos bem. Passamos a nos dar melhor de uns anos para cá, e Pedrinho, meu afilhado, também é meu xodó. Aliás, meus sobrinhos são todos umas gracinhas e comédias de crianças, adoro e me divirto com todos, mas sempre temos nossos preferidos, mente quem diz que não.

— Maninha, já vou.

— Já? Fica para o jantar.

— Não posso. Acho que vou jantar com o Edu.

— Aquele do seu escritório?

— Ex-escritório, gata, ex...

— É verdade, estou tão orgulhosa de você! E aquela matéria no jornal? Ficou bárbara!

— Foi ótima para mim, Lurdinha escolheu bem a hora de me promover, Alvarez ficou para morrer.

— Mérito seu, Clá. O portfólio que você tem, os projetos, as parcerias que fez. Acho que agora você decola...

— Espero, meu amor, assim espero...

— Mas e o gato? O caso é sério?

— Como sério, Laura? Ele é nove anos mais novo do que eu, usa aparelho nos dentes e outro dia transamos no carro... você acha que isso dá futuro? Dá cadeia, isso sim!

— Hahahaha, no carro?

— No carro! Não fazia isso desde os dezoito acho. Mas rolou, na porta da casa dele. Me senti uma adolescente.

— Como foi isso?

— Era dia de semana, eu tinha ido a uma degustação de vinhos com uns amigos. Ele estava num pub e me ligou chamando para ir a um jazz. Era caminho, fui. Foi ótimo... a companhia dele é sempre ótima. Garoto novo é divertido, leve, te faz sentir nova e gostosa.

— Você reclama de estar sozinha, mas vai dormir com o Fernando todos os dias, que só ronca e peida!

— Hahaha, não maninha, obrigada. E então, ficamos lá, tomei mais um vinho e fui deixá-lo em casa, até porque estávamos bem perto da casa dele... e como ele mora com o irmão, e já era tarde... foi ali mesmo. O Edu é uma coisa. Quando vejo, já estamos nos embolando. Mas não é só química, ele tem algo de muito especial.

– Que delícia!

– Bota delícia nisso, viciei. Não consigo cortar. Não consegui ir embora. Ralei o joelho, dei cotovelada, fiquei com a bunda de fora, parecia uma menina dizendo que aquilo era uma loucura, mas bem que gostei. Fomos a sensação da obra ao lado, eu acho.

– Tá brincando?

– Não estou. Anotem a placa e me prendam por isso.

– Hahaha! Clarice, a louquinha, voltou!

– Ah mana, estava muito amarga, não estava?

– Não sei se amarga, mas distante de você mesma.

– Distante de mim mesma?

– É, distante... você sempre foi muito colorida, cheia de ideias, poesia, atitudes, personalidade. De um tempo para cá ficou quieta, calada, parada, não combina com você...

– Isso não deveria ser a famosa maturidade ou serenidade?

– Você estava apagada. Maturidade e serenidade não apagam uma pessoa, ao contrário, trazem brilho e paz...

– Olha ele ligando aqui no celular! Vou atender...

– Oi Edu! Tudo e com você? Recebeu minha mensagem? Estou aqui ainda, e você? Uhmmmm... sei... será que não vai ficar tarde? Podemos ir amanhã. Fica aí com seus amigos e eu janto aqui. De mim? Ahhhh que bonitinho. Também estou... mas podemos sair amanhã, não prefere? Hahahaha, ok, ok, ok, você venceu. Por que eu não consigo dizer não para você? Tá bom... eu janto aqui na Laura e você leva o vinho e o pijama. Um beijo.

– Tá vendo? Não consigo, Laura... ele vai lá para casa mais tarde. Ia dispensar os amigos para jantarmos, mas prefiro ficar mais um pouco aqui...

– Oba, que bom! A Maria fez estrogonofe.

– Nossa, adoro o estrogonofe da Maria! O Pedrinho não está muito quieto?

– Está no videogame... viram anjos na frente da tela e a Maria está com ele.

– Para mim, criança quieta por muito tempo está fazendo alguma merda...

– Fato! Maria, está tudo bem por aí?

– Está sim, dona Laura.

– Viu?

– Videogames fazem milagres.

– E aquele outro?

– Que outro?

– O do e-mail, já esqueceu?

– O maestro?

– É.

– Ah, não sei se já esqueci... Gosto dele, gostei dele... na verdade, acho que gostei só por querer gostar. Às vezes gostamos por pura ausência de sentimento... é bom gostar de alguém... Tem horas que até o sofrimento te faz mais companhia do que o nada. Não gostar é muito vazio, não acha, maninha?

– Hahaha, Clarice e suas teorias intensas e profundas. Ainda bem que voltou. Deixa esse maestro lá, próximo! E o cara do metrô, apareceu?

– Depois daquela mensagem, não.

– Mas você não respondeu?

– Não. Responderia o quê?

– Ah, sei lá, manda alguma coisa, pergunta se está tudo bem. O enterro deve ter sido hoje, quando será a missa?

– Você acha?

– Você está interessada?

– Laura, não sei nada sobre ele, apenas que é alto, tem por volta de uns quarenta anos, cabelos castanhos com um grisalho bem leve, que não deve ficar careca tão cedo, charmoso, nariz imponente (que adoro), mãos fortes, ombros largos, dentes levemente separados, que se chama Marcos, com O, e que o pai morreu ontem no metrô. Não sei o que faz, onde mora, se é casado... bom, não tem aliança... enfim... não sei nada...

– Imagina se soubesse! E por que não descobre?

Fiquei um bom tempo na casa da Laura fofocando e tomando vinho até Fernando, meu cunhado, chegar. Antes do Edu comparecer lá em casa mandei uma mensagem para o Marcos.

> *Boa noite, Marcos, o dia hoje não deve ter sido fácil, mas espero que esteja bem. Quando será a missa? Gostaria de ir para te dar um abraço. Beijos, Clarice.*

Na sequência, ele respondeu:

> *Doce Clarice, obrigado mais uma vez. O dia foi de sol, mas não foi fácil. A missa será na próxima segunda, na igreja da Nossa Senhora da Paz, às 18h. Ficaremos felizes com a sua presença. Abraços, Marcos.*

Acredito que o ficaremos felizes seria ele e o pai, não? Fiquei confusa agora. Bom, o Edu está chegando, preciso tomar um banho... Chanel, sai da cama, não faz bagunça aí!

Capítulo 12

A missa do seu Afonso foi bem bonita. Marcos tinha uma família grande. Reconheci algumas pessoas da zona sul, rostos comuns, mas não conhecidos meus. Fiquei meio de canto. Não quis deixar de falar, afinal, qual o sentido de ir à missa?

Ele estava bem bonito. Vestia uma calça social azul escura e uma blusa branca de alfaiataria com listras suaves. Tinha o cabelo arrumado e parecia até um pouco mais velho do que o dia que o conheci. Já seu Afonso morreu de Crocs. Ao menos morreu confortável... que maldade, Clarice! Nem na missa de sétimo dia você deixa o defunto em paz.

Tem certas coisas que são mais fortes que eu, não perder a piada é uma delas. De repente este é mais um dos motivos de eu estar sozinha. Sou super sincera e não sei, até hoje, de onde o Edu tirou que tenho a sabedoria do silêncio. Deve ser dos meus dias de Clarice, quietos, que perduraram por um tempo, mas parece que a inquieta afiada voltou.

– Clarice!

– Marcos, meus sentimentos.

– Que bom que você veio.

– Como você está?

– Ainda digerindo...

– Acho que nunca estaremos preparados para as perdas.

– Nunca.

– Foi bonita a missa, igreja cheia.

– Meu pai era muito querido, cinco filhos também... família grande.

– Percebi.

Silêncio.

– Bom... passei para te dar um abraço, afinal, passamos por isso juntos, né? – ri sem graça.

Estava sem saber o que fazer ou dizer naquela situação sem próximos passos, afinal, não ia perguntar quando seria a missa de um mês. Joguei aquela frase no ar, fiquei ali sobrando na passagem, olhando para a igreja e esperando qualquer coisa acontecer.

– Você tem algum compromisso agora?

– Eu?

– Quer sair para jantar?

Agora eu fiquei sem entender; Marcos me chamando para jantar? E a família, amigos, primos, quatro irmãos, filhos, periquitos e papagaios? Onde foram parar?

– Bom, eu ia para casa, não tenho compromisso. Mas você não tem que ficar com sua família? Não quero atrapalhar.

– Passei o dia com eles, estou precisando sair um pouco dessa igreja. Tem um restaurante ótimo aqui perto, podemos ir caminhando, o que acha? – E me empurrou um pouco para o canto, com a mão na minha cintura, e a deixou lá, estacionada.

Acho que pintou um clima e eu fiquei toda feliz. Se bobear, minhas bochechas ficaram rosadas. Sempre que fico nervosa, minhas bochechas me entregam.

– Ah... podemos... podemos... legal... aqui perto?

Caminhamos por Ipanema até um restaurante de um chef que adoro, mas confesso que preferia um chope, estava muito quente e uma gelada cairia bem. Porém, a escolha foi assertiva. O restaurante tinha um ambiente intimista, tomamos um vinho branco gelado, aliás, duas garrafas, e o papo foi noite adentro.

Marcos tinha um cacoete charmoso que não havia percebido no dia do metrô, ele piscava um pouco o olho esquerdo. Quando parecia estar sem graça, ou nervoso, piscava com mais frequência. Estava com medo que minha língua afiada, estimulada pelo vinho, soltasse um: "Que bonitinho, você pisca o olho esquerdo!", ou "Você guardou o Crocs do seu pai?". Já me vi cometer pérolas desta categoria.

Mas me comportei bem e confesso que a noite fluiu de forma leve. Conversamos sobre muitas coisas, mas principalmente viagens. Quando jovem, Marcos montou uma empresa de eventos e ganhou dinheiro com isso. Tudo começou com festas de faculdade. Disse que era meio doido e por isso se desentendeu algumas vezes com o pai. O dinheiro fácil subiu à cabeça, usou drogas, viajou pelo mundo, teve bar, dividiu o apartamento com namoradas duas vezes, mas nunca casou ou teve filhos, que saiba. Ficou muito tempo morando fora. Voltou para o Brasil faz cinco anos, para São Paulo, e mês passado veio para o Rio. Estava vendo as coisas da mudança. Da mãe ele quase não falou, mas estava na missa e chorava muito.

Ele ainda tem alguns negócios fora, pelo que entendi. Acho que na área de entretenimento, mas seu negócio principal é na área imobiliária. Eu quis deixá-lo bem à vontade para falar o que quisesse. Não gosto de ficar perguntando sobre a situação financeira de alguém, com o tempo e maneira que ele se apresenta isso é percebido. Na verdade, naquele encontro com o Marcos, foi tudo tão não pensado e tão divertido.

Falei de minhas viagens e ele das dele, fizemos uma sessão naftalina e ele me contou algumas loucuras. O jeito que conversamos lembrava dois velhos relembrando a adolescência. Acho que estamos na mesma fase. Nos redescobrindo, ou nos resgatando.

Tenho tentado tirar o peso de mim de ter que fazer as coisas darem certo, devido à falta de tempo cronológico. Essa corrida de encontro ao tempo sufoca qualquer um, além de ser muito cansativa. Acho que o que me atrai e faz as coisas funcionarem com o Edu é exatamente isso, não ter qualquer obrigação em dar certo. Isso porque, teoricamente, dentro dos meus padrões idiotas, ele não se encaixa e por isso não tem como darmos certo. Porém, dentro dos padrões dos relacionamentos normais, os indicadores informam que com o Edu as probabilidades relacionais são maiores do que com os homens fragmentados que venho encontrando por aí. Mas isso é outro papo, outra ata de reunião e pauta para análise.

– Você é uma mulher muito interessante, Clarice.

– Eu, por quê? – respondi, adorando o comentário e fazendo aquela cara charmosinha de quando se está bêbada e quer seduzir.

– Inteligente, espontânea. Não entendo porque nunca se casou.

Ai ai ai ai ai, ia tão bem o mocinho. Por que sempre, sempre, sempre voltam com essa pergunta maldita? Há pelo menos dez anos me questiono o mesmo, faço terapia, vou a cartomantes, jogo búzios, pago promessas, compareço à igreja de Santo Antônio, pergunto aos amigos, ex e, mesmo assim, ainda não tenho a resposta. Se você descobrir meu problema, me fala? Porque até então, nunca tive problemas, eram sempre os caras com seus momentos, ou eu com minhas dúvidas.

– Não posso me casar.

– Não?

– Não... assim... com qualquer um.

– Como assim?

– Fui prometida.

– Você está brincando, né?

– Não! Juro, fui prometida.

– Ahhh, sei... me explica isso...

– Então... há uns anos, meu pai me prometeu para um shake árabe... em troca da cura do câncer... o shake está lá pesquisando... não sei se te falei que meu pai é médico... então... ele disse que se ele descobrisse a cura do câncer ele se casaria com a sua filha mais linda, mais inteligente e mais espirituosa... só que está demorando um pouquinho, mas ainda tenho esperança de que a cura virá e seremos todos no mundo felizes para sempre!!

Depois de duas garrafas de vinho e uma pergunta como essa, brincar era a opção. Não ia entrar no cerne das questões psicológicas, astrológicas, patológicas, ou se foi azar mesmo deu estar encalhada até hoje.

– Uma coisa o seu pai tem razão, muito espirituosa você.

– Poxa... só uma?

– É verdade, fui injusto... acho que seu pai foi bem coerente... linda e inteligente também. – E pegou na minha mão.

– Assim vou ficar sem graça.

– Você não parece fazer o tipo que fica sem graça.

– Sou tímida.

Marcos soltou uma gargalhada. Naquele momento ele estava solto e espalhado na mesa, segurando com as duas mãos a minha.

– Clarice, desde o dia que nos conhecemos, não parei de pensar em você... foi como se você fosse mandada para estar ali.

Senti que o Marcos estava dando uma importância muito maior que eu a tudo aquilo que estava acontecendo, por todos os motivos óbvios existentes. Primeiro, pela perda do pai, e só este já justificava tudo. Não sei se existe alguém na vida dele agora. Tenho certeza de que, se eu estivesse à deriva, empalhada na Arquétipos em uma busca insana pelo príncipe encantado (ok, ainda estou), sem o Edu e sem o maestro, a situação Marcos teria uma proporção e magia infinitamente maior do que hoje ela representa. Sim, pensei nele, me atraiu, foi inesperado, interessante, até intrigante. Mas, agora, fico na dúvida se minha pouca mobilização é descrença generalizada, excesso de administrações emocionais, Eduardo ocupacional, ou amor próprio em alta. De repente, quando se está em transição, os sentimentos bons e ruins sobre você mesma se misturam e causam essa crise de identidade. Vou refletir melhor depois sobre isto.

Saímos do restaurante um pouco antes da meia noite. A lua estava redondamente linda. Conversamos enquanto nos dirigíamos à um taxi. Ele fez questão de me deixar em casa para depois seguir para o Flamengo.

Não rolou beijo, grandes toques ou tentativa de qualquer coisa. Nem cabia. Sabia que não precisávamos ter pressa e que podíamos nos conhecer aos poucos. Não era um sopro de vida, ou definitivo, era uma brisa entrando pela janela.

Com o Marcus foi diferente, eu era jovem, e os sentimentos, quando juvenis, são intensos, declarados, com som de eternidade e urgência. Depois que virei macaca velha, a necessidade de observação e degustação se tornou bem maior.

– Doce Clarice, está entregue.

– Espero que eu tenha ajudado a melhorar um pouco o seu dia. Obrigada pelo jantar.

– Melhorou tanto que vou precisar de mais, quem sabe ainda esta semana?

Minha mãe costuma dizer que, se eu tivesse escutado seus conselhos desde sempre, já estaria casada há muito tempo. Se eu tivesse seguido seus conselhos estaria com uns cinco filhos em alguma fazenda do interior de Goiás esperando o próximo rodeio, nas terras de meu marido. Mas enfim, ela diz que a mulher tem que fazer como Sherazade, de *As mil e uma noites*, que interrompia a história que contava ao rei louco para continuar no dia seguinte e assim se mantinha viva. A curiosidade, a vontade de descobrir mais sobre a história, fazia com que o rei a chamasse toda noite.

Fiquei feliz em deixar o sabor do gostinho do quero mais. Acho que ter também o Edu ajuda.

Estou começando a me dar conta de tantas coisas! Porém, o mais importante é sobre mim mesma. As respostas sempre estiveram aqui me esperando, mas precisei passar por uma enorme dor, buscar um novo salvador e depositar todas as fichas no maestro para entender certos clichês.

Agora sei por que ele levou uma semana para digerir meu e-mail, porque ele teve pânico de mim e porque ele sente a minha falta. Nem tudo é tão bom, ou tão ruim. Toda a intensidade e verdade tem seu valor e nem todas as pessoas possuem essa capacidade intensa de gostar.

Vinha numa busca insana pelo amor, como se ele fosse me salvar, como se ele pudesse aliviar todas as minhas dores. A minha vida estava ruim não só por falta de amor. Seria sim mais feliz se eu estivesse em uma outra etapa. Minha vida estava ruim devido às minhas más escolhas, ou não escolhas ao longo de alguns anos. Fui adiando muitas coisas, mesmo que tenha realizado muitas outras e depositei no amor uma responsabilidade que ele não tem. Projetei no maestro uma frustração que ele não é responsável pelo simples fato de que eu o escolhi, porque encaixou, porque gostei dele, porque ele é um cara legal, mas principalmente porque eu estava cansada de procurar. Procurar cansa.

Agora que consegui organizar alguns pontos da minha vida e canalizei minhas energias, de repente o amor perde o medo de mim e vem a rebote. Falo, falo, mas olha a expectativa aí. Talvez um dia eu consiga ser diferente. Será? Estou me sentindo mudada. Acho até que poderia ser amiga do maestro, porque simplesmente amo aquele serzinho semi careca, da minha altura, que não é bonito, mas exala simpatia e charme. Fora que sua capacidade de saber tudo sem qualquer arrogância me faz querer dizer que ele é adorável de cinco em cinco minutos.

Uma vez, não lembro a gentileza que ele me fez, eu agradeci, e ele disse que só estava sendo educado. A partir daquele dia, o intitulei como o homem mais educado que já conheci. De fato, ele sempre foi muito educado e talvez seja isso que faz com que nós, mulheres, nos confundamos tanto com ele. O que vivemos, que para mim foi tudo, para ele acho que foi comum, justamente por ele ser assim. O tratamento masculino por aí anda tão em baixa, que quando somos bem tratadas, achamos que é especial. De qualquer forma, não leva a nada ficar me colocando para baixo, uma vez que tenho feito musculação na minha autoestima.

Me vejo agora neste triângulo particular amoroso. Particular porque é íntimo, meu, meus sentimentos por estes três. Como me relaciono com eles. Até porque, de fato, só estou me relacionando com o Edu e nem é um relacionamento.

Com o maestro não há nada que possa ser feito. Se ele reaparecer, e ele vai reaparecer, aí penso. Outra coisa que aprendi foi isto: deixar o problema aparecer para aí sim ver o que fazer. Acho que minha gastrite diminuiu em 60%.

Edu... o que fazer com o Edu? Aproveitar. O bom é que não preciso me preocupar se vai dar certo, só não pode dar cadeia.

Marcos? Inesperado. Como eram as viagens de fins de semana pela Europa. Vou ter que comprar as passagens para descobrir. Para uma primeira página, até que já teve bastante emoção.

O apartamento estava igual como deixei, uma zona. Resolvi ao menos tirar o lixo, mulheres que moram sozinhas em contato com baratas podem causar danos à vizinhança.

Sobre a mesa havia uns maços de cigarro. Peguei os maços, catei os outros nas bolsas e joguei tudo na lixeira.

Capítulo 13

— Sai daí, Edu... por favor... ai... preciso trabalhar...

— Você não está gostando?

— Está ótimo, lindo, mas preciso trabalhar. Sai daí, senão vou ficar a manhã inteira com você e não podemos...

— Só mais um pouquinho...

— Ok. Só mais ummmmm, ahhhhh, ummmmmmm, pouquinhooooo, uhmmmmm.

(...)

— Clarice...

— Nossa, Edu, adoro acordar com você — E fiz movimento de me desenrolar dos lençóis.

— A gente está namorando?

Oi? O que foi aquela pergunta depois daquele despertar? Ou será que aquele despertar foi para abrir o apetite para uma DR?

— Claro que não, Edu, que ideia!

Sempre erramos com os certos e acertamos com os errados só para viver uma vida irônica.

"Claro que não, Edu, que ideia." Foi esta a resposta com a delicadeza de um elefante que eu dei para o cara que melhor me tratou nos últimos séculos. Eu já sabia que era uma idiota, mas elefante-anta eu podia evitar.

— Obrigado, Clarice, pela gentil resposta.

— Desculpe, Edu, desculpe... — O puxei para a cama novamente. — Foi isso que eu quis dizer, mas não foi assim que eu quis dizer. É que não tem como namorarmos, não tem como você me namorar, Edu! Nossas realidades são outras, você é um garoto.

— De onde você tirou essa idiotice? Fala comigo como se eu fosse um tapado de treze anos sem pentelhos. Desde quando eu não te tratei, ou não me portei como homem?

— Calma, Edu, calma. Não sei, essa pergunta me pegou desprevenida... nunca imaginei você querer me namorar.

– Por quê? O que você tem tanto de mais ou de menos para eu querer ou não querer te namorar, hein, Clarice?

– Não sei, Edu. Eu sou bem mais velha que você... você ainda quer viver outras coisas, eu já quero algo mais estável, família, alguém que cuide de mim. Você ainda é muito novo...

– Engraçado, não está parecendo que você quer tanto isso. E quem disse que eu não quero isso e que a idade tem a ver com o querer de cada um?

– É verdade... – fiquei completamente pequena na discussão.

– Clarice, eu gostei de você no dia que entrei pela porta da Arquétipos. Nunca vou me esquecer. Você usava um vestido estampado todo moderno com uma faixa, tinha os cabelos bem curtinhos e mais escuros, estava com aqueles óculos que quebrou na cervejaria do Jardim Botânico. Você estava especialmente feliz por causa da obra do Niemeyer e, desde que escutei a sua risada, viciei nesse som, só de lembrar dela sorrio. A sua risada alegra os meus dias. Logo, te ver, te fazer feliz me faz mais feliz e isso não é qualquer coisa.

Travei. Não sabia o que dizer. Estava nua na cama, mas fui despida na alma, estava completamente exposta, segurando um sentimento que esperei por anos. Ele me enxergou. Aquele menino de aparelhos que mora com o irmão e tem a melhor boca do século me quer, e eu? E eu? Não sei... Estou confusa, sem chão, sem roupa, sem maquiagem, sem dinheiro para ir ali comprar um café e voltar, quem sabe, depois de umas duas horas com uma resposta pronta e sentimentos em formato de cupcakes.

– Edu, estou sem palavras... nunca imaginei a pureza e verdade de seus sentimentos. Talvez eu mesma não quisesse enxergar para não chegar ao ponto que estamos agora...

– Por que isso?

– Não sei... a gente passa a vida imaginando como queremos que seja nossa vida, a pessoa que estará ao nosso lado, nosso lar... e vai construindo isso. Sei tudo sobre expectativas e o inesperado, mas é um pouco estranho ter um cara bem mais jovem e bem mais maduro que eu interessado por mim. Nunca pensei que daríamos certo! O que mais gostava na nossa relação é não ter que me preocupar em dar certo, porque sempre achei que não daria em nada. Enfim, complexo explicar...

– Ai ai Clarice, você é uma figura! Tanta análise, quando o melhor de você está aí, limpo, despreocupado. Nessa sua despreocupação quem ganhou fui eu que tive o seu lado mais espontâneo, mais divertido, mais leve, mais errado e bobo. Eu tenho sempre você ao natural, sem moldes e checklists do relacionamento perfeito. Tenho certeza de que nessa sua lista não caberia aquela nossa transa no carro.

– Quem sabe? Sou moderninha...

Depois de um beijo e uma pausa:

– Clarice, eu te perguntei se estávamos namorando porque achei que você deveria pensar sobre isso, sobre nós, não para te por contra a parede. Caguei se temos um título, mas também não quero fazer parte só da sua cama. Se bem que agora estou na dúvida se deveria ter perguntado isso...

— Por quê?

— Porque agora você vai ficar tensa, vai virar a senhora "tenho que fazer dar certo" e no final das contas vai ficar mesmo é uma grande mala, isso sim!

— Ahahaha, engraçadinho! Olha, estou muito sensibilizada com tudo o que você me falou, com a sua maturidade, clareza, determinação e como se posiciona dentro de uma relação. Para mim é muito importante isso. Mas, preciso pensar nos meus sentimentos por você e não nas palavras bonitas que espero há muito tempo ouvir... entende?

— Concordo com você, tenha o seu tempo. Também não quero uma mulher que reage como se eu tivesse lepra quando pergunto se estamos namorando. O que eu quero que você reflita é o que busca dentro de uma relação. Amor ou estabilidade? Porque te vejo presa a esses padrões de relacionamentos e de homens pseudo ideais, o que te deixa fechada para viver um amor com as características que aquela história vai ter. Hoje, eu posso usar aparelho, ser mais novo nove anos que você, ganhar menos da metade do que você ganha e morar com o meu irmão, mas isso é hoje. Tenho certeza que sou muito mais homem, te trato muito melhor que todos esses idiotas perfeitos que você saía... que, como você mesma diz, podia sair com você ou com uma boneca de pano.

— Hahahaha, fato! Edu, você é ótimo, mas eu tenho 38 anos...

— E uma puta estabilidade. Pensa no que você busca de verdade, Clarice, e se você está feliz. Linda, vou tomar banho, você vem?

— Depois. Vou ficar aqui despida de meus sentimentos e morta de vontade de fumar um cigarro.

E foi assim que Edu me acordou em plena quarta-feira.

Capítulo 14

A semana foi muito corrida. Tem dias que o calor no Rio de Janeiro me faz querer morar no Polo Norte dentro de um iglu usando biquíni. O corre-corre com as obras e burocracias não me deixaram sentar, como preciso, para desenhar alguns projetos. Queria estudar e trabalhar no final de semana, mas não dentro de casa. Precisava respirar um pouco, mergulhar nos livros de história da arte e ventilar o cérebro.

– Oi Marcos, tudo e com você? Posso sim, acabei de chegar em casa. Quente? Hoje esta cidade está uma sauna, podia sair com essência de eucalipto borrifando por aí. Socorro, Jesus! Está demais... foi boa, mas muito corrida. E a sua? Ahhh, entendi... é... tadinha, vai demorar um pouco para se acostumar... com o tempo tudo se ajeita... teatro amanhã? Nossa, adoraria, mas vou para Búzios logo cedo... poxa... com ninguém. Até tenho amigos com casa lá, mas vou sozinha mesmo, preciso estudar, trabalhar e descansar um pouco... Também, adoro Búzios! Volto segunda no fim do dia... Como? Jantar com você em Búzios domingo à noite? Hahaha pode, Búzios é público, claro que você pode ir. Vou ficar em Geribá, em uma pousada que já costumo ir... não, fica tranquilo, não vai atrapalhar, tirei a segunda justamente por isso... o bom é que você me faz companhia, acho que não me aguento por tanto tempo... Aviso sim, vamos nos falando. Você também. Beijos.

Epa, como assim? A pessoa vai até Búzios jantar comigo, é isso mesmo? Laura vai morrer quando souber, já gostou dele, depois desta então, ganhou todos os pontos com a cunhada.

Confesso que achei o máximo! Homem, quando está a fim, vai a Búzios, China, aluga um submarino, mas quando não está, não diz nem obrigado. Estou feliz com o fato de não ser eu fazendo os movimentos, convites e gentilezas. Eu procurando, querendo o outro, sempre entendendo e esperando a decisão dele, dele, daquele e desse outro também.

Estava animada e intrigada com o Marcos, mas não mobilizada. O maestro ainda me arrancava suspiros e o Edu conquistava as minhas risadas e gemidos. Por falar nisso, não o vi mais depois de quarta e pouco nos falamos. Após nossa conversa, ficamos esquisitos. Trabalhei muito esta semana e não tive tempo de parar para pensar sobre meus sentimentos. Edu merece que eu pare por ele. Búzios vai ser bom para isto também.

Vou ligar para ele.

– Ooooi! Tudo e com você? Está onde? É... chopinho na sexta é sempre bom, ainda mais nesse calor. Eu? Tô no ar-condicionado, claro! Meu resto de semana foi uma loucura Edu, não parei. Fiquei até tarde nas obras. E a sua? Hahaha, o Alvarez? Ele não muda. Estou atrapalhando? Pode falar rapidinho? Então, não quero que a gente fique estranho, não quero que você ache que estou me afastando. É que aconteceram muitas coisas estes dias e acho que preciso, sim, parar um pouco para pensar sobre nós como você me pediu. Só que não consegui fazer isso ainda... Eu sei... você é ótimo, sei que não está cobrando. Mas você merece respostas, merece participar deste processo, não vou deixar nada nas entrelinhas, ou coisas não ditas. Preciso estudar, fazer umas pesquisas, vários cálculos... enfim, projetar e para isso decidi ir para Búzios me inspirar e descansar um pouco também... Com quem? Sozinha... Não precisa ficar preocupado, Búzios é aqui do lado, vou ficar numa pousada que sempre fico e vou dormir cedo, fica tranquilo. Vai aproveitar seu chope, não quero te alugar, só liguei para te dar um beijo e dizer que nada de ficar estranho. Não vou fazer nada, nada que você não queira... ok... beijos.

Por mais que a gente fale que não vai ficar estranho, fica estranho. A partir do momento em que colocamos a situação sobre a luz para pensar, sentir e refletir, não tem como ser diferente. Ficamos mais formais e cheio de dedos.

Edu me surpreendeu muito na nossa conversa. Levantou questionamentos que até minha terapeuta concordou. A forma que eu descrevi o Edu para ela não é a forma que ele é verdadeiramente. Ele preenche o que busco em um homem mais maduro e os maduros vivem como o descrevo; paradoxal. As atitudes do maestro são muito mais juvenis que as dele, por exemplo. As do Jorge então, coitado. Inverteram os papéis só para me confundir e agora estou aqui perdida nas opções. Ok, o maestro não é uma opção, mas o Marcos é. Só que o Marcos não é o maestro, nem o outro Marcus e nenhum outro que eu quis. E o Edu, só porque não é o que eu busco, não quer dizer que não possa ser... ai ai ai, coisinha complicada esta. Estou chegando à conclusão que ficar sozinha é, no mínimo, mais fácil.

A realidade tem um sabor que a imaginação não sabe.

No caso do maestro fica fácil entender. É como se você buscasse a vida toda pelo vestido longo preto dos sonhos. Aí você vê um, veste e cai perfeitamente, parece que foi feito para você. Não precisa fazer bainha, não aperta na alça, não falta aqui, sobra ali ou fica esquisito. Nada. Fica ótimo, combina com você, está pronto para usar todos os dias, se quiser.

No caso do Edu é como se você estivesse lá experimentando vários vestidos pretos longos na esperança de que um seja o dos sonhos, só que nada funciona. Eis que surge um estampado curtinho lindo, ótimo, que você adora, porém não sabe se ama, ou se serve para ir à festa. No caso do estampado é preciso um tempo para digerir, avaliar, se desprender do preto longo tão desejado.

No caso do Marcos, vai saber? Só vestindo.

Corri para o chuveiro, já estava atrasada para jantar na casa dos meus pais. Queria ficar um pouco com eles, pois não estaria aqui no domingo para o lanche familiar. Precisava conversar com meu pai sobre a empresa e algumas ideias.

Chanel, isso é hora de fazer xixi no pé do sofá? Se não amasse tanto essa gata, a matava!

Capítulo 15

Sei que seu silêncio é em respeito ao meu. Já o meu silêncio é para poder ouvir meu coração. Estou em dias de Clarice. Dou notícias, mas fique tranquilo, está sol e tudo bem por aqui! Bjs

Tinha que dar alguma satisfação ao Edu, desde nossa última ligação não nos falamos mais e sei que ele está preocupado. que também devo informá-lo que preciso ficar uns dias digerindo se compro ou não o curtinho estampado. Só que, antes, preciso experimentar este outro preto longo.

Marcos estava chegando para jantarmos. Agora fiquei nervosa, de sexta para' cá estava tranquila. Produzi muito nestes dois dias e fazia tempo que não viajava sozinha. Aliás, bota tempo nisso. Preparei uma *playlist* e, mesmo com voz de gralha, fui cantando o caminho todo. Quando não cantava, pensava, quando não pensava, cantava. Cantei mais do que pensei, porque quanto mais penso, mais confusa fico.

Criar me faz bem, me relaxa, me faz transbordar. Fiz o esboço da marca, o conceito do site e o portfólio dos meus projetos e serviços. Colocarei jardineira e margaridas como elementos – pode parecer um pouco cafona, mas com arte, design, modernidade e elegância vai ficar bem interessante e tem tudo a ver comigo, com a minha história. Fora que o que importa é o que importa para mim, o resto não sei ainda se importa.

Falando em flores, está na hora também da próxima tatuagem. Fase nova, tatuagem nova. Esta será em algum lugar um pouco mais íntimo e uma flor – é lógico. Local íntimo justamente por este processo ser meu, sem exposições, como sempre fiz. Por que nunca pensei nisto antes? Talvez a beleza doce das flores só esteja chegando agora.

Meu pai quase enfartou, como tantas e tantas vezes, quando viu a tatuagem de um coração sangrando que fiz nas costas quando voltei ao Brasil. "Mais uma, Clarice?" – perguntou ele. Mais muitas, para todas as fases que vierem. Cada um marca a sua história como quiser. Acho todas lindas!

O bom de viajar sozinha é poder interagir com seus próprios pensamentos, medir a sua capacidade de se fazer companhia, se divertir sozinha e saber que nunca vão descobrir o que você fez. Pensei que ficaria inquieta, mas não. Fiquei com o sorriso frouxo, calma, trabalhando concentrada na beira da praia, ou no bangalô que ficava no deck apreciando o entardecer. Observei as pessoas e deixei o celular no quarto para evitar qualquer desconcentração. Pude me acompanhar sem me sentir enlatada dentro de mim, sufocada. Bons dias de Clarice. Agora posso escolher minhas obras, meus projetos e responder tudo em meu nome.

Acho que o que estava vivendo antes era uma frustração de não ter atingido uma expectativa que eu mesma criei. Projetei como achava que eu deveria ser, mesmo sem saber se eu era assim e, por não ser assim, jamais conseguiria ser o que projetei. Injusto fazermos isso com a gente. Esforço em vão. Só sei que estava muito bom como estava, Clarice e eu, pelo menos por enquanto.

O que senti falta de verdade não foi do maestro, Edu, Marcos, família ou da Chanel. Foi do meu amigo cigarro. Não está sendo fácil parar de fumar, quando bebo então, a carência dobra, triplica, me dá coceira por todo o corpo, bolinhas... aí respiro fundo várias vezes falando mentalmente: "Sou maior que o cigarro, eu me controlo, não ele". E nesta repetição, vou me acalmando, os pensamentos mudam, bebo uma água e volto para o eixo. Tem funcionado.

Marcos passou para me buscar às 20h. Usava bermuda e camiseta polo. Eu estava de vestido longo, solto, florido (mais flores), com um belo decote nas costas e uma rasteirinha – bem em clima de Búzios. Levei um casaquinho por causa do vento.

Fomos a um restaurante cubano e mais uma vez constatei que não vi nada de minha viagem de Cuba com meu pai. Sabia que ele havia me levado lá por conta do clima tropical de Havana e da arquitetura do local, assinada por renomados arquitetos.

Fomos direto para o bistrô. Ele dava em uma bela vista do mar, que brilhava pelo reflexo da lua. Apesar da banda que tocava, era possível ouvir o som da água bater – combinações perfeitas.

– Você está muito bonita, Clarice.

– Obrigada. Você também está muito bem neste modelito Búzios.

– Obrigado! Não tinha reparado que você tem tatuagem.

– Uma para cada fase. Você tem?

– Tenho...

A noite começou com o tema tatuagens, depois voltamos às viagens e chegamos à família. Desta vez ele conversou mais sobre a mãe, a relação com os pais e irmãos. Falou sobre construir família e filhos. Ele rolou de rir quando contei sobre a bola de natal lá de casa. E mais uma vez, duas garrafas de vinho se foram quase sem sentir.

Teve uma hora que ele me tirou para dançar e não é que o moço dança bem? Me surpreendi. Marcos tem uma timidez com toques de ironia. Gosto disso. Mas confesso que falta um pouco de sal no pacote como um todo. Ele não faz o tipo que eu costumo me interessar de cara. Requer um pouco mais de dedicação, degustação. Não ouvi sinos, não senti borboletas. Mas gostei do que senti. Gostei de me conectar com ele. Não era fantástico, mas também não era comum. Marcos tinha uma força no olhar capaz de ver minha alma, o que costuma me incomodar, mas com ele foi diferente, me passava confiança, segurança.

O que eu busco: amor ou segurança, segurança ou amor? Será que não pode ser os dois?

Nunca parei para observar o Edu assim. Acho que nunca parei para observá-lo de verdade. Armazeno poucas coisas que ele me conta sobre sua vida, simplesmente porque não fico avaliando-o como faço com tudo e eu só não o avalio porque sequer o encaro como uma possibilidade. Mas se ele não é uma possibilidade, como posso sentir tantas coisas boas, gostosas, leves, divertidas e ótimas quando estamos juntos?

E no balanço da dança, nos beijamos. Foi bom, muito bom, mas não foi poesia. Com o Marcus em Toledo era certeza, com o Marcos em Búzios é um "quem sabe"...

Edu deve estar certo, não sei se estou tão aberta para o amor quanto acho que estou.

— Marcos, você dança bem, sabia?

— Fiz aula.

— Jura? Não consigo imaginar você fazendo aulas de dança.

— Tem muita coisa sobre mim que você não sabe.

— Tipo?

— Hummmm, te convido a descobrir — E me beijou.

Depois que nos beijamos, o papo diminuiu. Jogamos sinuca no andar de cima do restaurante, caminhamos pela Rua das Pedras e fomos beber mais uma taça de vinho no deque da Orla Bardot.

Penso demais, logo insisto.

Foi ótimo, romântico, mas sei lá. Sou daquelas que quando bate, bate logo de cara. Acho também que fiquei projetando nele a história mal resolvida do Marcus. Costumamos fazer isso, trazer para o presente, para o novo, toda carga emocional, expectativas não vividas passadas, medos e frustrações. Besteira. Como diz o Lulu Santos, "o bom é ser feliz e mais nada".

Voltamos para a pousada. Os olhos do Marcos falavam, sabia que para ele importava mais do que para mim e mais uma vez me perguntei, por que antigamente tudo era tão mais simples? Que equação é essa onde um mais um não consegue ser dois?

— Clarice, aconteceu alguma coisa?

— Não... por quê?

– Você ficou distante, quieta... Falei, ou fiz alguma coisa que você não gostou?

Agora foi a insegurança dele conversando comigo. Já me vi inúmeras vezes desse lado, nesse papel, e não é legal. Antes eu não atraia nem mosquito, agora tenho dois suspirando por mim. Só que eu continuo a suspirar pelo maldito maestro, que deve estar lá com outra no seu apartamento fazendo sei muito bem o quê.

– Acho que bebi demais. Quando bebo assim, fico lenta – e sorri.

– Parece pensativa.

– Estou conversando com meus pensamentos para não fazer nenhuma besteira...

– Que tipo de besteira? – E se aproximou de mim.

– É segredo – E lhe dei um beijo.

Marcos pulou para cima de mim dentro do carro e me pegou de jeito. Agora sim a temperatura subiu e eu, que estava longe em meus devaneios, acordei rapidinho. Era estranho que um cara que foi meio porra louca no passado, que trabalha com eventos, rodou o mundo, agora seja o senhor certinho, educado e formal.

Percebi que seus braços e mãos eram fortes. Adoro quando o homem me beija segurando minha cabeça, controlando os movimentos. E ele fazia isso, me guiava. Talvez ele precisasse só se soltar um pouco.

– Posso entrar?

Se soltou até demais...

– Marcos, hoje não. Acho que já aproveitamos bem a noite e foi ótimo... vai passar o dia aqui amanhã? – joguei logo uma outra pergunta para tirar o foco da primeira.

– Vou, não quero deixar você voltar dirigindo sozinha.

– Nossa, que cavalheiro!

– Quem gosta cuida.

– Assim você vai me acostumar mal – E lhe dei outro beijo. – Preciso entrar, já está tarde, estou caindo de sono – E saltei do carro.

– Poxa, te dei sono, foi? Queria ter te acordado.

Eu e minha boca.

– Ok, ok, foi só um jeito elegante para dizer que a noite por hoje acabou. E o senhor me acordou sim, viu? Inclusive achei muito sexy essa sua tatuagem do braço.

– A do índio?

– Isso. Lindo o desenho e o sombreado.

– E eu essa sua das costas.

– Me liga quando acordar, o café aqui vai até as dez... quer vir tomar café da manhã comigo?

– Você não acha mais prático eu ficar para o café?

– Acho que seria um desperdício você pagar uma diária de um quarto que você nem vai dormir. – Sugiro testar a cama dessa pousada que você está para, quem sabe, ficarmos nela numa próxima vez...

– Você sempre tem uma resposta inteligente para tudo?

– Para perguntas inteligentes, sim... às dez?

– Mais um beijo?

Dei o último beijo nele pela janela do motorista e entrei. Estava cansada. Cansada até de pensar e ter que decidir os rumos da minha vida. Danem-se Edu, Marcos, maestro, vou é sonhar com o George Clooney.

Tirei o vestido e me esparramei na cama só de calcinha.

Capítulo 16

Na manhã seguinte, Marcos veio tomar café comigo e depois fomos dar uma volta na praia de Geribá mesmo. O dia estava lindo, não havia uma nuvem no céu e a água, por milagre, não estava gelada. Caminhamos a praia toda. Marcos estava diferente, mais solto, mais alegre. Não sei se tenho algo a ver com isso, ou se o fato do pai dele ter morrido há duas semanas era o que estava deixando-o meio esquisito.

– Quer nadar um pouco?

– Nadar?

– É, a água parece ótima, não está ventando muito. Ficamos mais aqui pelo canto e nadamos em direção à praia da Ferradurinha.

– Olha, não sou muito de nadar, mas podemos tentar...

Mais um atleta. Sempre arrumo um homem que adora trilhas, esportes radicais e afins. Aí tenho que entrar na farra da endorfina, quando a minha vontade é ficar na espreguiçadeira bebendo aquela cerveja gelada. Nunca vou me esquecer uma vez que conheci um cara para quem comentei que corria. Nosso primeiro encontro foi uma corrida de 10 km. Tive que correr 10 km para ter um encontro, é mole? Não conseguimos conversar e ao final os dois estavam nojentamente suados. Bebemos uma água de coco e nunca mais nos falamos. Que ideia...

Nadar... vamos lá... teste do biquíni em um, dois, três. Huummm, não é que o Marcos tem um corpo bem do bom? Gostei. Adoro homem grande. Peito largo e com pelos, mas não peludo. Não sou fã dos lisinhos.

Ficamos uns quarenta minutos no mar entre nadar, boiar, conversar e se beijar. Foi difícil, nas condições que estávamos, não perceber certas manifestações. Os homens devem ficar muito sem graça. É claro que gostei, mas fingi que nada acontecia entre ele, seu membro e eu.

Percebi que Marcos acredita que vamos engrenar uma relação, mas ele vai ter que esperar. Não quis perguntar sobre relacionamentos, se estava com alguém, para não escutar: e você? Se ele tiver alguém deve ser em São Paulo e não no Rio.

O dia na praia foi ótimo, nos comportávamos como um casal, o que não quer dizer muita coisa hoje em dia. Marcos tem uma segurança previsível, o que me deixa confortável, e me sentir confortável é bom, uma vez que me senti por inúmeras vezes desconfortável, insegura e inapropriada.

Ele voltou seguindo meu carro. Me mandava mensagens carinhosas e fazia brincadeiras com as minhas barbeiragens ao volante. Ok, assumo que ser piloto nunca foi o meu forte, principalmente quando as pilastras resolvem aparecer do nada em vagas apertadas.

Quando cheguei na porta de casa, quase o convidei para entrar também na garagem. Um lado meu queria resolver logo aquele assunto, outro não queria resolver assunto nenhum, queria mesmo era me esparramar no sofá e lá ficar vendo a novela de calcinha e blusa, para não variar.

Senti que Marcos ficou um pouco decepcionado com o não convite e o pedido para esperar que eu estacionasse. Só lamento. Ainda não me imagino pelada com ele, ou ele comigo, ou ele dentro de mim, ou eu sobre ele. Além de muita informação, muita gente dentro, no mínimo é pouco higiênico. Mas hei de conseguir me desprender para ter prazer com quem quer ter prazer comigo, ou simplesmente entender que os errados também acertam.

Entrei em seu carro e fiquei um tempo em silêncio, abraçada ao seu peito, agradeci a surpresa, o jantar, a noite, o dia e por estar dentro daquele metrô. Lhe dei um longo e suave beijo, saí do carro, atravessei o portão do prédio e acenei. Segui com o olhar a luz do farol até sumir.

Capítulo 17

— Edu, se eu cair, te mato!

— Confia em mim. Mas mantenha os joelhos dobrados.

— Você está indo rápido demais! Tenho um joelho bichado. Devagar, Edu!

— Calma, Clarice, para de fazer essa cara. Relaxa um pouco, confia em mim. Você não está gostando?

— Amando, mas vai devagar. Isso pode machucar...

Andar de skate, para mim, nunca foi uma tarefa fácil. Imagina andar sendo puxada por uma bicicleta! Quase uma idosa à beira de um acidente fatal ou do ridículo. Edu era um bom professor e excelente skatista. Tinha a capacidade de mostrar que as coisas são sempre mais simples do que parecem.

E eu resolvi simplificar, parar de pensar tanto, senão ia surtar. Decidi viver as histórias como deveriam ser vividas e sem me preocupar com a ética. Não sei se devo, ou posso, mas sei que quero.

Com a ida de Marcos para São Paulo, foquei no Edu, em experimentá-lo, e falei isso para ele (ele Edu, não o Marcos). Disse que não era um relacionamento, mas um compromisso em conhecê-lo sem o arquétipo que construí dele.

Edu me desacelera, me aproxima da vontade de estar em boa companhia. Já me acostumei com ele, encaixei nele e, querendo ou não, sei que ele cuida de mim. É estranho ver aquele menino neste papel.

Nos vimos na quarta e na quinta ele foi lá para casa e ficou o resto da semana, ou eu não quis que ele se fosse. Tê-lo o final de semana todo foi uma experiência já desacostumada, esquecida. Fazia um tempo que não ficava só a dois. Na época do maestro era diferente. Ele tem filhos e para quem tem filhos o "a dois" é dividido ou multiplicado.

O dia estava perfeito. Na quinta foi sexo, sexo, sexo, banho, conchinha, sexo, conchinha, soninho, sexo, conchinha, soninho e soco no despertador. Ontem o Edu cozinhou para mim um bacalhau, mas o mocinho esqueceu de dessalgar e estou bebendo água até agora. Hoje, ele me acordou não com café na cama, mas muitos beijos e um skate na mão, me convidando para um dia diferente. Um dia de Edu.

Gostei do convite. O dia de Edu mandou os dias de Clarice passear e mostrou quem era o homem da casa. Quem diria. Eu que vomitei aquele e-mail ao maestro, gritado, cansado, machucado, doido por uma vida a dois e para me doar. Hoje, vivo um dia de Edu e bons dias de Clarice.

Meu desespero era interno e não externo. Demorei o quê? Dez anos para perceber isso? Lentinha você, hein, Clarice?

Naquele balanço no skate pela Lagoa com um jovem cometa, passei pelo meu irmão Zé e minha sobrinha Luisa. E o momento não aprovação da bola de natal me passou a cabeça. Já imaginei o Zé perguntando se estava namorando um zigoto ou se adotei uma criança. Mesmo assim, resolvi parar, pois não pude me fazer indiferente ao grito da Luisa: "Titiaaaa-aaaaaaaaaaaaaaa", em seu agudo fenomenal.

– Amores!

– Titiiiiiaaaaaa! – E me deu o maior beijo estalado depois de pular no meu colo suado.

– Luiiiiiiiiiiiiiiiisa! Sua tia está suada, meu amor, vou te deixar toda suja – E a coloquei no chão depois de retribuir seu beijo.

– Edu, Zé, meu irmão, Zé, Edu...

– Fala cara, beleza?

– Beleza.

– Andando de skate, Clarice? Não sabia dessa. Achei que cair de moto tinha sido suficiente.

– Pois é, estou tentando cair de outros jeitos também, para saber qual rala mais... e você, resolveu sair com a sua filha para passear?

– A Clara foi ao salão, vamos nos encontrar daqui a pouco para almoçar. E você, Edu?

Edu, que brincava com Luisa enquanto eu tinha um diálogo padrão com um irmão padrão, olhou para o Zé com cara de: hein?

– Desculpe, não prestei atenção, só ouvi meu nome... uma gracinha sua filha, lembra a Clarice.

– Valeu, cara! Não deixa a Clara, minha mulher, escutar isso. Diz que a Lula é a cara dela. Mas... perguntei, e você? O que faz, de onde são amigos? Nunca te vi por essas bandas.

– Trabalhei com a Clá. E hoje estamos andando de skate.

Por isso que adoro o Edu, que elegância! Já o Zé nunca fez esse estilo descolado carioca. Aposto que está agindo assim porque acha que o Edu fala que nem garotão de praia.

– Ô Edu, não liga para o Zé não...

– Poxa, Clarice, se fosse o papai estaria perguntado que apito ele toca. Só perguntei como se conheceram, porque da escola é que não é. Ele era seu estagiário? – e esboçou um risinho irônico que meu deu vontade de fazê-lo engolir.

– A Clarice e eu somos parceiros. Sua irmã é muito talentosa.

É por isso que adoro o Edu.

– Ô Zé, deixa de conversinha, vai lá encontrar com a Clara. Deixa eu apertar essa bochechuda gostosa da tia! Vou te pegar, vou te pegar, vou te pegar! – E sai atrás da Luisa, puxando o Edu.

– O Zé adora ser inconveniente. Liga não, Edu!

– E quem disse que liguei? – E agarrou também a Luisa – Muito linda essa mini Clarice! – E fez um carinho no meu cabelo.

É, querendo ou não, éramos um casal.

Me despedi do meu irmão e da Lula e seguimos em sentidos opostos, agora não mais sobre o skate.

De mãos dadas, andando pelo calçadão, senti meu celular tocar no bolso. Tirei para ver e era o Marcos. Pois é, ele existe; e inclusive, ele liga, manda mensagem e eu fico com dor de estômago a cada toque ou vibração de alerta.

Sim, eu respondi as mensagens. Sim, eu disse que estava com saudades mesmo não estando. Definitivamente não sei lidar com esta dupla situação. E não sei como vai ser quando ele voltar e quiser sair. Mulher sabe administrar mil coisas ao mesmo tempo e eu não posso administrar dois homens? Já o homem não sabe administrar uma dor de cabeça, mas sabe administrar vinte mulheres ao mesmo tempo sem qualquer dor de cabeça. Deus só pode ser homem. Fato!

Atendo ou não atendo?

– Ooooi, tudo bem? Tudo ótimo... estou na Lagoa... atleta? Hahaha nem tanto... e por aí, tudo certinho? Huummm... que bom... huummm... vi, vi, sim... ahhh... claro... ótimo... ótimo! Vamos... vamos! Tá... avisa sim... vou adorar... estou esperando. Um beijo.

– Quem era?

– Paulinha uma amiga minha de São Paulo, arquiteta também... vem ao Rio semana que vem... vai me trazer uns catálogos.

Tremi agora, tenho certeza de que transpareci que menti. Mas precisava aproveitar o som do ambiente externo para atender, imagina se ele liga mais tarde e estou em casa com o Edu e ele vê... tenho desligado o telefone para não passar por este risco e avisei ao Marcos que lá em casa o celular não pega muito bem, mas quem não está acostumado a mentir cai nas suas próprias mentiras. "Antes um pássaro na mão do que dois voando", já dizia a minha mãe. Ai ai ai, o que faço? Está muito cedo para decidir qualquer coisa... ih, meu pai ligando.

– Oi pai! Tudo e com você? O Zé? Já foi fazer fofoca, né? Eu? Adotei. O nome dele é Edu... o vi na rua abandonado, achei bonitinho e resolvi levar para casa... Edu é ótimo pai, você vai adorá-lo... só não pode chamar de netinho! Eu? Ahhhh pai, manda o Zé ter mais assunto e parar de acompanhar minha vida! Que falta do que fazer... também com aquela mulher sem sal, sem papo e sem gosto, até eu ia achar minha vida o máximo. Tá, desculpe... ok... ok... ok... pai, estou andando na Lagoa, era só isso? Amanhã? Vou sim, pai... domingo, né? Mamãe está bem? Manda beijo... ok... beijos.

– Sua família é engraçada, Clarice.

– Engraçada? Tudo louco. O Zé já foi fazer fofoca. Como isso me irrita!

– Hahaha, relaxa, família é assim. A sua parece ótima.

– Minha família é que nem calça de moletom...

– Calça de moletom?

– É, uma delícia, mas se sair na rua passa vergonha!

– Hahaha, você é hilária! Adoro esse seu jeito – Me deu um beijo e, como um homem das cavernas, me colocou no ombro em plena Lagoa Rodrigo de Freitas.

O dia foi assim, inusitado, divertido. Andamos até o Leblon e de lá pegamos uma Kombi para subir a favela do Vidigal. Trinta e oito anos e nunca, nunca fui a uma favela, mesmo sendo arquiteta. Vergonhoso. Burguesia demais para alguém que se diz do mundo.

Edu conhecia a área, pois, já fez umas trilhas. Disse que me levaria, caso eu quisesse. Subimos para apreciar o visual e descobrimos um hostel novo. Estava rolando um jazz com uma peijoada. Isso mesmo, peijoada. Feijoada de peixe. Parece estranho, mas não era. Ok, era um pouco, mas podiam ter servido ovo rosa que eu também acharia o máximo. Tudo neste dia estava o máximo.

Ficamos bebendo cerveja, comendo peijoada e escutando jazz em um deck com uma das vistas mais lindas que já vi. Constatei mais uma vez como o Rio de Janeiro é bonito. Pela lateral do deck, via milhares de casinhas. A favela estava ao lado. O luxo e o real ali, juntos, estampados, misturados, convivendo. O jazz não distorcia, nada distorcia, apesar das diferenças. Aquela beleza toda da vista era única, unia as outras imagens, transformando as diversidades em algo comum.

Naquela tarde, Edu me fez ver coisas sem que ele mesmo soubesse. Nossa paisagem não distorcia e nós, apesar de todas as diferenças, também não. Pela primeira vez me senti inteira e livre de meus preconceitos e estava tudo perfeito em meu dia de Edu.

Capítulo 18

— Clarice! — escutei uma voz familiar me chamar.

Voltava para casa da ioga, tinha passado no mercado e o que eu imaginava que mais cedo ou mais tarde aconteceria, aconteceu.

Era o maestro, me chamando com um chope na mão e cara de quem tinha saído do trabalho.

Carregando as sacolas e suada, parei para cumprimentá-lo. Havia passado uma hora me equilibrando em posições complexas e agora tremia o corpo todo só em ver o brilho de sua leve careca.

— Olá, tudo bem?

— Bela Clarice, que coisa boa te ver! Anda sumida...

De fato, andava sumida. Maestro e eu moramos na Gávea e por causa dela, ou do Baixo Gávea, com seu modelo "passe e fique para sempre", nos conhecemos. Felizmente ou não, para voltar para casa da ioga, do mercado ou da padaria, preciso passar pelos bares da praça e pelas pessoas que ficam ali enraizadas nas ruas com seus chopes e papos. A parte do "preciso passar" fica entre aspas; "prefiro passar pelos bares" fica mais honesto; afinal, posso pegar uma outra rua e evitar os holofotes sociais — e foi isso que fiz nos últimos dois meses.

Porém, hoje esqueci de entrar na outra rua. Fiz o caminho habitual e acabei caindo em minha própria armadilha em versão descabelada e cheiro de gente.

— Sumida, eu? Não...

— Nunca mais te vi por aqui pelos bares. Mas vi sua matéria no jornal. Parabéns pelo prêmio! — E puxou minhas sacolas para segurar.

— Vai roubar minhas compras?

— Nada de ir para casa agora, Clarice. Vamos entrar e tomar um chope. O que você comprou no mercado? — E começou a fuxicar as bolsas.

– Hahaha. Não posso pessoa, tenho que ir para casa – E tentei pegar de volta minhas bananas, legumes, pão light, iogurte, mas principalmente o chocolate – hoje vou precisar dele.

– Esquece essa ideia, você vai comer o seu sanduíche de pernil com a pessoa aqui, também estou com fome.

– Como você sabe que estou com fome?

– Você sempre sai com fome da ioga e reclamando que passa uma hora se equilibrando para depois se jogar no sanduíche de pernil e em trocentos chopes.

Odeio este homem, odeio ser previsível, odeio quando ele segura minhas sacolas e suas atitudes que comprovam todos os porquês pelos quais passei estes dois meses pela rua de trás. Por que não me lembrei disto hoje? Por quê?

Sentamos no bar de sempre, na mesa de sempre com o garçom de sempre. Sempre este que não durou nem nove semanas e meia de amor, mas que roubou minha vida em questão de segundos.

– Tenho que deixar de ser previsível.

– Você não tem que deixar de ser nada. Você já é tudo, Clarice.

– Não consigo te entender... o que está acontecendo aqui? Que cena toda é essa?

– Cena? Nenhuma cena. Não podemos ser amigos?

– Para quê?

– Clarice, eu adoro você, você é perfeita para mim, mas eu tinha que ter te conhecido há dez anos. Já casei duas vezes, tenho filhos, não quero viver a mesma história pela terceira vez. E não posso te privar de viver todo esse sonho que você merece viver com um cara que queira isso com você, mas isso não quer dizer que eu não queira você na minha vida, como minha amiga.

Como ele é legal, não é mesmo? E me adora. Que meigo, que lindo. Ahhhh. "Te amo como amiga, então vai se fuder como amigo". Esta é a frase que nunca foi dita, mas que ecoa desde aquele e-mail.

Clarice Pollyanna, mesmo sentindo uma raiva enorme, estava sentada ali com a cara de apaixonada de sempre. Achei que tinha evoluído, que havia esquecido, que com tantas mudanças o efeito maestro havia se dissipado. Mas, não. Ele tem o mesmo efeito para mim que máquina de padaria de assar frango tem em cachorro.

– Você é ótimo! Não quer mais nada não? Quer a melhor parte selecionada de mim? A parte que dá trabalho você prefere não administrar... huummm, estou precisando fazer aulas com você, essa é uma grande sabedoria de vida que o senhor desenvolveu – E bebi trinta por cento do chope em um único gole.

– Hahaha, não é isso, Clarice. Preciso de umas férias da palavra casal. O mercado para solteiro aqui no Rio de Janeiro está uma loucura, nós homens não precisamos fazer nada.

Nunca saí com tantas mulheres, estou até preocupado – e continuou – De uma coisa você não pode reclamar, sempre fui honesto com você.

Um, dois, três, respira, respira, quatro, mais um gole para não mandar um "vai se foder como amigo", ou para a puta que pariu mesmo.

Não estava entendendo aquele papo, o chope e todas as minhas sacolas de supermercado na mesa ao lado, me perguntando a que horas íamos para casa.

Sempre que me sinto ferida, fico assim, reativa. Sou dessas oito ou oitenta. Doce e voraz ao mesmo tempo. E talvez seja por isto que minhas relações nos últimos anos tenham planado nas extremidades. Edu tem me mostrado isto, Marcos também. Já o maestro consegue reunir em mim toda a raiva mundial de achar o universo masculino torto e desinteressante

Preferi não polemizar.

– Verdade... e o trabalho, tudo bem?

Maestro desandou a falar, acho que ele precisava disso, falar. Temos uma sintonia mental absurda. Aos poucos fui me desarmando também e voltando para nosso lugar comum. As coisas na empresa dele não vão bem. Ele investiu muito dinheiro em um *software* que era o sonho de sua vida e não estava conseguindo os investidores necessários para fazer o negócio explodir. Desde o início, mesmo com a minha santa ignorância tecnológica, achava que aquilo lá não ia dar muito certo, mas ok. Quantos "isso não vai dar certo" os empreendedores não escutaram até provarem que dá certo?

Aos poucos fui entendendo o que acontecia. Maestro estava deprimido, muito deprimido, e via em mim a capacidade de entendimento sem julgar. Quem olhava de fora, nunca imaginaria isso. Até bronzeado estava. Só faz programas interessantes, tem os amigos mais inteligentes e divertidos que conheço, circula nos melhores ambientes, mora em um *flat* digno de revista e sai todos os dias com uma mulher bonita, magra, inteligente e muito provavelmente rica. Como estaria deprimido?

Acho que já falei, mas o homem se dignifica pelo poder, já a mulher se dignifica pelo amor. Em tempos modernos, posso dizer que o homem continua se dignificando pelo poder e a mulher, de tanta ausência de amor, passou a se dignificar também pelo poder, porém, em menor proporção. Quando falo de amor, falo de amor familiar, filhos, homem, mulher, amigos. As relações de amor. E poder na realização pessoal, na produtividade, no seu papel no mundo. Homem, se não vai bem no trabalho ou perdeu aquele gol no futebol, deprime.

Maestro teve que se jogar no estilo Don Juan da Zona Sul para poder suprir toda a sua frustração profissional. Ele pegou anos de sua carreira e arriscou em um sonho que hoje estava bem amargo. Em algum lugar ele precisava resgatar a sua relação com o poder. Tudo ficou claro para mim. Não era eu, podia ser a Gisele Bündchen. Ok, se fosse ela, ele ficaria que nem cachorrinho, pois, resolveria toda e qualquer relação com o poder de uma tacada só. Mas, enfim, o problema não estava em mim, ou comigo.

Pedimos alguns chopes, comi meu pernil com queijo – como eu adoro este sanduíche; e o papo, como sempre, fluiu. E todo aquele sentimento que tinha por ele, que estava coberto em algum canto, voltou à tona. Esqueci do Edu, Marcos e até que estava com raiva dele por me fazer lembrar como me sinto rejeitada e inadequada, mesmo sendo perfeita para ele.

No meio do papo, o telefone toca...

– Fala, Alvarez! Tudo bem? Tudo... huummm... já procurou no diretório da rede? Hummm... deixei lá todos os arquivos e projetos... isso. Calma, Alvarez! Não perdeu, está tudo registrado, eu mesma fiz... achou? Viu? Hahaha... quantos milhões? Aumenta essa proposta aí, valho muito mais! Hahaha, ok, ok, ok... Alvarez, estou tomando um chope, mais alguma coisa? É Alvarez, segunda-feira e chope, entendeu por que não volto? Sua mulher está bem? Manda um beijo para ela... outro.

Alvarez não me larga, toda hora me liga perguntando algo. Até tudo se ajeitar, vai ficar batendo cabeça e me fazendo propostas nada milionárias para eu voltar. Até que sinto falta do Alvarez, agora não tenho mais ninguém para falar mal. – Mal sabe o maestro que ele agora é essa pessoa.

– Pois é, estou aqui falando sem parar e você nem me contou sobre sua saída da Arquétipos.

Agora o papo mudou de lado. Falei da saída, da Arquétipos e do novo escritório Clarice Flores. Maestro, com seu empreendedorismo nato, me deu diversas orientações, indicações para trabalhos, contato de assessoria de imprensa. Com ele tudo é fácil, encaixado. Odeio isto também. Podia ser difícil, torto, mas não, é isto, este treco que tenho que administrar, mesmo sabendo que entre a gente não preciso lá de muita administração.

A noite, mesmo com cheiro de gente e cabelo desgrenhado, seguiu com muita afinidade e sem maiores protocolos. Mas, ao avançar das horas, a minha vontade dele começou a aumentar junto com o grau etílico. Ele parecia também querer relembrar a minha anatomia talvez esquecida no meio de tantas mulheres, pós Clarice.

– Querido, o papo está ótimo, mas preciso levar minhas compras já em decomposição para casa – e fiz o movimento de pegar a bolsa para pagar a minha parte e sair.

– Calma, Clarice. Vamos ficar mais um pouco – E segurou minha mão.

– Já está tarde, preciso terminar um orçamento ainda – Soltei minha mão e peguei a carteira.

– De jeito nenhum!

– Ir embora ou a conta? – E parei com a carteira na mão.

– Os dois – E fez sinal para o garçom pedindo a dolorosa. – Calma, vou pagar e te levo em casa.

Ai meu Deus! Isso não está acontecendo. Não existe final feliz neste desfecho. Se ele me levar para casa, insistir para entrar e eu deixar, vou me arrepender amanhã, justamente por não existir amanhã. Se ele insistir para entrar e eu não deixar, vou me arrepender por não deixá-lo entrar, justamente por querer ficar com ele como se não houvesse amanhã. E, se ele me acompanhar e não quiser entrar, vou chorar até amanhã por ele não me querer, pelo menos só até de manhã.

Definitivamente a vida é injusta e duvido que homem pense um por cento do que nós mulheres pensamos. Tenho certeza de que ele só pensou: quero ou não comer? Acho que nem o fato de estar suada da ioga interferiu nesse pensamento instintivo binário, ou passou na cabeça dele se estou disponível ou não. Se ele quiser transar comigo, e acho que quer, vai tentar com ou sem namorado, limpa, suja, depilada ou não.

Não sabia o que fazer e não queria administrar qualquer situação na porta de casa ou dentro dela. Por mim, dava de louca e largava ele lá sem dizer nada.

Mas não teve jeito, ele quis pagar a conta, ele quis me acompanhar e ele quis entrar. E como todo macho alfa, não quis aceitar um não como resposta. Já eu, mesmo sabendo que poderia amá-lo a vida toda, mesmo querendo ficar com ele a noite inteira, até todas as manhãs, preferi ficar com o amor próprio e o deixei com o não como resposta.

Peguei minhas sacolas, lhe dei um beijo abraçado e entrei.

Daria tudo por dez cigarros agora!

Cadê o chocolate?

Oi Chanel...

Capítulo 19

Dormir não foi fácil. Estava com raiva de sentir o que sentia justamente por ele não sentir nada. Ok, ele sente, mas sente como amigo, então vai se foder como amigo e não queira se deitar na minha cama. Ok, ele quer me foder como amigo, então, pode continuar querendo se deitar na minha cama só para me dar o torturoso prazer de dizer não para você. Pior seria se ele nem me desejasse mais.

Sentia raiva daquele sentimento revivido. Edu mandou mensagem logo cedo dizendo que depois de tantos dias de Clarice, um dia sem ela foi que nem desintoxicação alimentar, difícil. Quando li a mensagem, tive mais raiva de mim por não saber o que se passa aqui dentro, ou por sentir muitas coisas ao mesmo tempo. Esta falta de foco sentimental está começando a me irritar. Sentimentos bipolares, ou melhor, tripolares, em plena terça-feira é muita informação para um ainda início de semana.

O sentimento, por mais verdadeiro que seja, unilateralmente acaba morrendo. Nada que deve ser recíproco, quando unilateral, sobrevive.

Apesar de toda confusão interna, percebi que depois daquele encontro maestril, algo dentro de mim havia morrido. A idealização do amor romântico, do *plug and play* não existia fora de um contexto idealizado por mim. O maestro era apenas um rapaz latino-americano com dinheiro no bolso e muitas conquistas ainda a fazer. E eu era apenas mais uma, mesmo especial, ainda sim, mais uma.

Acordei meio que de luto, ainda tentando entender e me libertar de certos padrões que eu mesma criei. Até porque, tudo que não é vivido parece sempre melhor do que de fato é.

Respondi ao Edu dizendo que também senti sua falta depois de um dia intenso de Edu. Brinquei que meu travesseiro havia perguntado por ele e a escova de dentes também. Dentro de tamanha falsidade, até que havia muita verdade naquela frase.

Ai Chanel... me dá alguma luz de como me entender, quando de nada entendo... olhei para ela e naquela conexão, até a gata deu um risinho debochado da minha atual situação e saiu.

A manhã passou corrida. No meio da tarde o telefone tocou.

– Oi Marcos! Voltou? Como foi tudo por lá? Jura? Que coisa boa! Vendeu? Jura? Que coisa boa! Eu? Hoje?

É, combinei de sair com o Marcos. Sabia que ia rolar e estava pronta para isso.

Estou acelerada, tendo um comportamento quase promíscuo para os meus padrões estáticos.

Tenho mais curiosidade com o Marcos do que vontade. Queria pular algumas páginas de nossa história só para saber se há uma história nestas coincidências todas. Talvez isto seja ansiedade e não curiosidade.

Estava enrolada com a obra do cais. Tive problemas com um dos fornecedores, o que me fez parar o projeto esta semana. Assim como nove mulheres não fazem um filho em um mês, por mais que eu acelere algumas coisas, estou achando que será impossível cumprir o prazo de entrega e isto me tira do sério. Até porque será necessário remanejar orçamento, justificar, entre outras burocracias envolvidas em uma obra desta natureza.

Marcos me chamou para ir ao cinema. Gostei do convite, faz um tempinho que não assisto um filme. Passei na obra da Maria Marcondez e aproveitei para tomar um café com meu irmão Matheus que não via há um tempo.

Foi bom conversar com ele, precisava ter uma visão masculina para com a minha promiscuidade feminina. Ele foi muito prático, disse que eu só poderia decidir experimentando antes. Já que me colocaram na condição de solteira, que eu fizesse uso dela, para quem sabe sair dela.

Depois do papo com Matheus, me animei mais com o Marcos. Precisava me empolgar com ele. Desconectamos. Até porque, depois de muitos dias longe, Edu e o encontro inesperado com o maestro, lembrar que o Marcos existia já era um positivo sinal para ele.

Cheguei em casa, tomei um banho, me arrumei e esperei Marcos chegar. Falei para ele estacionar na minha garagem e irmos a pé ao cinema. O bom de morar no início da Gávea é isso, tem tudo perto e dá para fazer tudo a pé, fora que é uma delícia circular por aqui. Sou bairrista, não tem jeito. Mais um paradoxo dos meus lados, livre e enraizado.

Marcos estava tão cheiroso, mas tão cheiroso, que foi como conhecê-lo pela primeira vez. O encontro de hoje estava diferente, eu estava diferente e ele mais autêntico. Existia uma saudade latente entre nós. Bom, da parte dele. Da minha estava mais para um redescobrir, do que sentir a sua falta. Até porque "a saudade é uma forma de pedir um pouco mais", já escreveu uma amiga minha em uma de suas músicas. E eu, em minha confusão, só poderia pedir um pouco mais de espaço. Mas já que a vida segue, vamos lá.

O filme foi ótimo. Marcos me abraçava e beijava toda hora. Me senti confortável apesar de não gostar de ficar beijando no cinema. Mas não gosto por incompetência mesmo. Será que só eu acho complexo beijar no cinema? Me sinto uma péssima beijoqueira lateral. Sei lá, não tem muita posição, é preciso arrumar um jeito para funcionar. Lembro de minha época juvenil que os mocinhos da escola, ou dos bailinhos, nos chamavam para as matinês do cinema como primeiro encontro. Primeiros beijos errados e nervosos, a luz dos lanterninhas. Bons tempos!

Assistimos a uma comédia romântica, filme leve. Caiu bem para uma terça-feira, para um reencontro, precisávamos de romantismo no ar.

Edu não me ligou, não mandou nada desde de manhã, achei estranho.

Marcos queria comer comida japonesa e achei uma ótima pedida. Sugeri comprarmos o japa no restaurante perto da minha casa para comermos lá no terraço. E ali ele sacou que eu é que estava mal, ou bem-intencionada.

O papo corria solto, Marcos estava engraçado, contando histórias de quando era garoto e beijos no cinema. E eu me divertia. Estava me sentindo um casal com ele sem a cobrança de ter que me sentir um casal com ele. E o "vou dar para ele" se transformou em um "quero dar para ele".

Pegamos o japonês e fomos caminhando para casa. E sabe quem encontrei no caminho? Não é preciso ser mago para adivinhar. Mago adivinha?

Enfim, maestro estava lá conversando, se pegando, flertando, sei lá o que, com uma da vez.

— Clarice! — gritou ele.

Acenei e segui de mãos dadas com o Marcos. Confesso que o nervoso inicial deu espaço a enorme satisfação de ele me ver acompanhada. Ok, também acho que ele estava. Mas não era só ele. Esta competição emocional vai existir sempre. A vaidade é humana, então é normal essa festa interior quando você se sente por cima, sem planejar. E de fato senti, naquele momento, que boa parte do maestro havia morrido dentro de mim.

Edu ficou olhando. Ops! Marcos. Ato falho. Disse que era um amigo do bairro e segurei mais forte sua mão.

Montei uma mesa com velas no terraço, no mesão que adoro. Usei meus utensílios japoneses, coloquei um som e abri a garrafa de saquê. Coloquei um vinho branco também para gelar. Sabia que não íamos ficar na primeira garrafa.

Ele adorou minha casa, energia e aconchego que encontrou ali. Sem qualquer cerimônia, sentado no sofá, me pediu para que decorasse sua casa nova como eu quisesse. Nesse início, o jogo de sedução envolve obras no apê, viagens internacionais e pessoas, muitas pessoas que precisamos, ou que vamos adorar conhecer.

Comemos, bebemos, conversamos, rimos e no avançar da noite deixamos a conversa de lado e colocamos o corpo em ação.

Marcos deslizava suas mãos por mim como se fosse uma grande descoberta. Estávamos no terraço e ali mesmo as roupas começaram a se perder. Sentia muito o seu cheiro e aquele perfume me seduzia. Suas mãos fortes me seguravam, seguravam minha cabeça ao beijar e eu me sentia totalmente segura.

Nos despimos por completo na sala, nos embolamos e nos saboreamos no sofá. Sem pressa, fomos nos revelando. Marcos estava bem nervoso, sentia suas mãos suarem. Percebi que estava inseguro no que fazer comigo. Como se precisasse pedir licença para saber o que eu gosto na cama, ou no sofá. Na verdade, prefiro o mesão do terraço, mas quem sabe mais para frente ele descobre isso.

Os movimentos estavam evoluindo e nada de uma manifestação em relação ao uso da camisinha. E teve que partir de mim isto. O que vinha muito bem, quebrou um pouco, ou um pouco mais que um pouco, o clima. Camisinha não deveria mais ser assunto para discussão à meia luz, no escuro ou no claro. Porém, ainda acontece, e foi o que aconteceu. Ele ficou sem graça e eu com a salsinha na mão administrando a situação.

A noite com o Marcos não foi ruim. Foi boa, mas não foi A noite. Aliás, somos diferentes na cama. Ele tem um sexo meio mudo. Fiquei meio sem saber se estava bom ou não. A ausência de palavras me tira a liberdade de ganhar intimidade. E sexo, para ser bom para mim, precisa ter intimidade e liberdade.

A situação camisinha pesou e acho que com isso nos desconectamos um pouco. Mas ok, já tive primeiras vezes piores, assim como já tive melhores. Com o Edu foi ótima, livre, divertida, embolada, sem estresse de camisinha ou qualquer outro. Edu é um encaixe perfeito, já com o Marcos ainda vamos precisar nos conhecer melhor e construir um lugar comum.

Mas a noite, no geral, foi bem legal. Ele me olhava o tempo todo, me beijava, me sentia. Via que estava ali e que queria que fosse especial. Sabia que ele me desejava em seus braços.

Marcos adormeceu como pedra na minha cama, nos meus lençóis, entre as minhas pernas. Fechei os olhos e fiquei sentindo seu cheiro de perfume misturado com o de sexo e suor. Era uma boa combinação, mas ao mesmo tempo que era bom, a certeza de que com o Edu era muito melhor me assustava um pouco.

Coloquei o despertador, desenrolei minhas pernas, virei para o lado e dormi.

Capítulo 20

Clarice e seu novo namorado...

Esta foi a mensagem enviada pelo maestro logo pela manhã. Pela manhã tivemos também Marcos pelado, um sexo silencioso com camisinha e um delicioso café ensolarado no terraço.

Marcos partiu propondo para amanhã, no caso, depois de amanhã: teatro e jantar. Apesar dos eloquentes e culturais convites, não consegui ainda identificar nele aquele jovem vibrante que ele contou, de festas, eventos e braço tatuado. Alguma coisa nele ficou travada, encolhida, como se precisasse ainda se encaixar dentro de si. Sei lá. A noite foi boa, mas não me senti em casa, mesmo em casa.

Tirei o dia para trabalhar no terraço. Precisava desenhar uns projetos. Não queria passar em obra nenhuma, não queria interagir com ninguém. Queria criar, reconstruir espaços vazios ou inexistentes.

Espaços vazios... quais seriam eles dentro de mim? O que eu poderia construir neles? Estava claro que o maestro era só desconstruí-lo para que seu espaço desse espaço para novas construções. Não respondi a mensagem, nem senti vontade de responder ou de esfregar na cara dele dizendo que este era o namorado dois, que ele ia gostar mesmo era do um.

Desapaixonar pode acontecer na mesma velocidade do apaixonar. Acordei e me senti sem dor, lamento, ou sentimento de por que não eu? Ok, pode ser o efeito feromônio duplo adicionado ao início de um encontro interno, ou uma simples racionalização.

Deus é um cara bacana. Ele fica escondido de propósito só observando os momentos certos de te surpreender e presentear. Bom, acho que de trazer duras verdades, até alguns deboches também, mas isso a gente encara como parte do aprendizado e segue.

Eu fico me gabando, mas Edu não apareceu ainda... será que morreu de abstinência? Deve estar esperando eu fazer algum movimento, dado que foi ele quem fez da última vez. Ou será que arrumou outra? Já?

Passei o dia de camiseta e calcinha. A vantagem de ser pequena e leve é que nada pesa. Adoro ficar trabalhando assim no notebook e ao ar livre. Não resisti e fumei um cigarro, mas só um. Estava fresco, com sol na medida certa. Elaborei meus projetos, projetei, desenhei. Estava inspirada. Uma coisa que sinto falta é da troca com a equipe que existia na Arquétipos. Cocriar nos projetos. O olhar de outras pessoas, nem que seja para validar o seu, é sempre engrandecedor. De repente o Edu pode dar alguns pitacos nas plantas.

O Edu é engraçado. Quando precisa pensar fica andando de um lado para o outro, como se as ideias fossem vir, pelo simples fato de estar se mexendo. Bom, de repente o movimento movimenta os pensamentos e a criatividade, vai saber. Eu costumo ter boas ideias quando vou fazer xixi.

— Oooooooi, tudo bem, sumido? É, você... não apareceu mais... senti a sua falta. Hummm... aquela obra? Hummm... o Alvarez está te perturbando muito? É, típico dele. Hahaha, você falou isso para ele? Muito bem. Edu, coloca aquele presunçoso no lugar dele. Edu... queria te mostrar uns desenhos, estou com novos projetos... Enrolado? Sei... Humm... é... sexta? Humm... teatro? Humm... não, não, adoro teatro. Podemos...

Ferrou, os dois querem ir ao teatro na sexta, e na mesma peça. Esta vida dupla não vai dar certo, estou sentindo. Vou acabar sem nenhum.

Fui tomar banho só no final do dia. Logo, o cheiro de sexo passou o dia comigo meio despercebido.

A quarta e a quinta transcorreram meio arrastadas. Estava inquieta, confusa — meu estado atual. Mas sentia algo novo. Saudades do Edu, é... um sentimento incomum. Falamos pouco, ele estava mais distante e frio e aquilo me incomodava. Não era sensação de posse, era sensação de gostar.

— Edu?

— Fala.

— Está gostando da peça?

— Estou e você?

— Também. Mas repara naquele homem na esquerda da segunda fila...

— Clarice, vamos prestar atenção na peça. Não pega bem ficar de papo e risos no teatro.

Disse para o Marcos que não conseguiria sair na sexta por causa de um projeto que teria que apresentar no sábado. Na sequência ele me chamou para sair sábado à noite e não tive como negar. A situação bígama momentânea estava clara e eu precisaria aprender a lidar com ela, uma vez que decidi não terminar com nenhum dos dois.

Fiquei com medo de encontrar o Marcos no teatro, ou pior, mencionar no sábado que assisti à peça, comentar que adorei, ou gafes parecidas que sou mestre em fazer.

Edu estava carinhoso, mas o achei mais distante, como se seus pensamentos estivessem em algum lugar longe de mim e, pela primeira vez, senti ciúmes e medo de perdê-lo. Mais que tomar uma decisão, perder o Edu não era uma possibilidade para mim.

Quando saímos da peça ele encontrou uma amiga. Eu estava ao telefone com a Laura, que havia ligado algumas vezes perguntando se eu poderia ficar com o Pedrinho no sábado para ela sair com o Fernando para um aniversário. Tentei explicar, sem dar bandeira, e ela ficou rindo do outro lado da complexidade de meu final de semana.

"É maninha, lavou está novo. Você sabe que meu voto é para a maturidade do Marcos... depois me conta. Vou deixar o Pedrinho com o papai e com a mamãe, apesar de ele preferir ficar na sua casa."

Pedrinho adora ficar lá em casa, pois sempre brincamos de argila, ele faz esculturas abstratas para mim, porém, nada abstratas para ele. Outro dia fez um autorretrato que deu até medo. "Titia, é o Pedrinho de massa. Mamãe vai gostar?". "Mamãe vai adorar, Pedrinho...". Nunca vi nada que mãe não tenha gostado no que se refere a algum gesto ou criação de filho. Pedrinho fez uma vez na escola um colar de macarrão para mim que deixou a Laura morrendo de ciúmes, e por isso sou obrigada a usar sempre que ele vem aqui em casa, ou aos domingos no lanche em família.

"Pedrinho é artista" – diz ele sempre quando faz uma arte para tentar se safar, ou para qualquer criação.

Edu sequer me apresentou a moçoila. Ficou de papo, eu fiquei meio de canto ao telefone e quando desliguei ele se despediu dela e andamos rumo à escada rolante sem dar as mãos. Foi a primeira vez que encontramos uma amiga de Edu e não gostei da forma que ele não me apresentou.

– O que foi, Clarice?

– Nada...

– Você ficou quieta... – Disse ele mexendo em meus cabelos um degrau acima da escada rolante.

– Bonita a sua amiga – falei com tom curioso e seco.

– A Ana?

– Como você não me apresentou, suponho que este seja então o nome dela.

– Namorei a Ana antes da Paulinha, aquela que você conheceu. Ficamos uns dois anos juntos. Gosto muito dela, nos damos bem... e não te apresentei porque você estava ao telefone.

Sim, estava morrendo de ciúmes, na verdade estava possuída. A garota de uns 25 anos, linda de cabelos dourados e pele de veludo branca, me fazia enrugar os pés de galinha da minha cara e lembrar de toda flacidez da parte interna da minha coxa e das pelancas do braço.

Definitivamente eu não era páreo para ela e sabia que se eu ficasse com o Edu passaria por este sentimento inúmeras vezes, piorado a cada ano.

— Você ficou com ciúmes, Clarice? — falou dando um sorriso de canto.

— Eu? Claro que não, perguntei por perguntar — E virei o rosto para o nada.

— Ficou sim, que bonitinha! — Me abraçou pela cintura, me dando um beijo encaixado por trás, e continuou — A Ana e eu fomos amigos de faculdade, namoramos, mas acabou faz tempo, temos uma boa relação e ela sabe que gosto de você.

— Como assim ela sabe que você gosta de mim?

— Um dia te conto... — Me soltou e acelerou o passo pelo shopping.

— Nada disso, conta agora — falei dando uma corridinha atrás dele.

— Tenho um convite para te fazer.

— Convite?

— Sim, meu irmão está fazendo uma festinha com os amigos lá em casa hoje e eu queria muito que você fosse comigo.

"Eu queria muito que você fosse comigo." Quer dizer que ele vai, independente de mim. Hummm. Festinha na casa do Edu... conhecer irmão e amigos todos pirralhos... Hummm... por mais que a ideia tivesse me assustado de início, seria bom conhecer o mundo de Edu para ver como me sentiria nele e quem sabe assim decifraria o mistério do coração de Clarice, se é que existe algum.

— Adoro festinhas! Vamos sim.

— Vamos sim? Ouvi bem? Achei que você fosse falar: "O que vou fazer na sua casa com um bando de pirralhos cheio de espinhas?" — falou imitando minha voz.

— É essa a imagem que você tem de mim, Edu? Sou uma vovozinha que adora estar no meio de jovens — falei olhando em seus olhos e me enroscando em seu pescoço.

O clima de romance estava no ar em meio ao corredor do shopping perto da porta. Pegamos um táxi e fomos rumo à casa do Edu.

Capítulo 21

O apartamento era grande, tinha três quartos, com uma varanda excelente para festas. Os pais de Edu moram fora do Brasil. O pai dele é diretor de uma multinacional e há uns cinco anos foi transferido para a África do Sul, mas mantiveram o imóvel. Edu vai, no máximo, uma vez por ano para lá e os pais costumam vir de quatro em quatro meses. O irmão do Edu, Rodrigo, é dentista e, por conta dele, Edu usa aparelhos. Pelo que ele me falou o tratamento está terminando. Já me acostumei, esses aparelhos fixos branquinhos nem aparecem muito; nos beijos e sexo, nunca tivemos problemas, até esqueço. Na verdade, com o Edu, às vezes esqueço o meu nome, onde estou, enfim...

A festinha estava animada, tinham umas trinta pessoas, e eu era a mais velha de todas, é claro. No início me senti um pouco estranha. Mas, aos poucos, fui me soltando e interagindo. Edu não largava a minha mão, me apresentava a todos. Seu irmão sorriu quando nos viu e eu senti que ele estava feliz de eu estar ali dentro de sua vida, com ele. E eu estava feliz em estar feliz sem ficar me perguntando por que estava feliz.

Minha mão não ficava vazia. Quando não era uma latinha de cerveja, era um mojito (delicioso por sinal, Edu faz um ótimo mojito, um dos meus drinques prediletos), e quando não era cerveja ou mojito, era algum outro drinque colorido de fruta, ou uma taça de vinho. Até um baseado veio parar na minha mão e eu fumei. Coisa que não fazia desde os meus vinte e bem pouquinhos anos. Nunca fui estilo maconheira, mas já dei meus traguinhos por aí, assim como o Edu.

Fiquei *mutcho* louca, não parava de rir e dizer que maconha nunca me dá onda. Acho que todos que fumam de vez em quando falam isso. Edu ficava rindo da minha cara. Éramos um casal apaixonado, embriagados por toda aquela maresia gostosa e juvenil.

Conheci vários pirralhos gente boa. A turma do Edu e do irmão era bacana; todos trabalhadores intelectualizados, alguns músicos. Ahhhh! Conheci o pessoal da banda Lobos de Botas. Engraçadíssimos, ótimos. Colocaram as músicas da banda e todos dançamos. Há tempos não me divertia assim.

Lá para tantas a festa esvaziou. Tudo rodava, e eu resolvi me deitar na rede da varanda. Adormeci por algum tempo, não sei quanto. Edu se deitou ao meu lado, despertei com seu cheiro, carinhos e com sua voz cantarolando no meu ouvido: "Você é linda, mais que demais, você é linda sim... Onda do mar, do amor que bateu em mim... Você é linda e sabe viver... você me faz feliz...".

— Edu... — falei, despertando ainda tonta.

— Shiiiii, não fala nada, deita no meu peito, — E me puxou — acorda com calma. Hoje você vai dormir aqui comigo.

Ficamos na rede. Aos poucos fui acordando. O céu estava estrelado. Edu me contava sobre as estrelas. Antes de eu adormecer novamente, ele me pegou no colo e me levou para o seu quarto. Me sentia em casa em seus braços.

O quarto de Edu era meio antigo, juvenil, e como todo quarto de apartamento antigo era bem grande. Os móveis eram de madeira e havia uma escrivaninha que tomava uma parede toda, de frente para a cama. Tinha também uma parede de quadro de giz com algumas anotações, recados de amigos e lembretes. Vi o número de meu telefone anotado. Não prestei muita atenção, tudo rodava e estávamos à meia luz.

Edu me colocou em sua cama, de viúvo, e disse que precisava comprar uma nova de casal. Isso não me preocupava, não pretendia passar muitas noites ali e, no mais, tínhamos a minha casa. Ele me ajudou a tirar a roupa e me deu uma camiseta sua velha do Metallica. Me sentia jovem, era como voltar no tempo. Edu tirou a roupa e ficou só de cueca. Seu corpo esguio, definido, ficou ainda mais sensual naquele cenário.

Ele se encaixou em mim, tirou a minha calcinha, a sua cueca, e em um suave balanço fizemos amor. Um amor calmo, conectado. Edu por cima de mim, me olhava, me tocava de um jeito como se estivesse me sentindo, passeando por mim. E durante nosso balanço continuou a cantar a música de Caetano, "Você é linda". Me arrepiei, mas não falei nada, apenas observava os adesivos de estrelinhas, brilharem no teto. Fazíamos amor, sob um céu estrelado, e eu estava nele. Eu estava dentro do mundo de Edu e ele dentro de mim.

Capítulo 22

Na manhã seguinte, fui acordada com café na cama. Pão quente, requeijão light, café com leite e suco de laranja de caixinha. Estava um pouco dolorida, dormimos exprimidos. Ainda deitados, comendo, rimos das histórias de ontem. Estava faminta, enjoada, mas leve. Sorria por dentro e gostava de sentir aquela felicidade com cheiro de álcool.

Edu disse que todos me adoraram e que o Rodrigo, seu irmão, super me aprovou. Que bom, passei no teste, seja ele qual for.

Quando Edu foi tomar banho, fiquei observando seu quarto, suas coisas. Ele tinha na parede da escrivaninha, abaixo da última prateleira, quadrinhos de alguns de seus projetos e desenhos fazendo uma sequência evolutiva de seu trabalho. Achei aquilo ao menos organizado, além de simbólico. Nas prateleiras havia algumas miniaturas de carros, mini maquetes e diversos livros. Não sabia que Edu gostava tanto de ler. Lógico que tinha livros de arquitetura, mas também muitas biografias, desde Leonardo da Vinci, Philippe Starck, a Ricardo Amaral. Livros de crônicas, tipo Jabor, e o que mais me surpreendeu, alguns livros de Proust. Nunca consegui ler Proust. Acho que se eu tivesse conseguido ler ao menos um da série "Em busca do tempo perdido", talvez tivesse perdido menos tempo na vida.

Folheando um dos livros, vi uma frase em destaque de Marcel Proust, "Apenas amamos aquilo que não possuímos por completo". Fiquei um tempo parada digerindo aquela frase de pouca poesia e entendi o motivo de ter ficado tanto tempo idealizando o maestro. Nunca vou poder tê-lo por completo e essa ausência de nós me fazia crer que eu poderia amá-lo por uma vida inteira.

Sem pensar muito, peguei o celular que tinha deixado carregando e, por impulso, apaguei nossas conexões em todas as redes, mensagens e seu telefone. Não queria mais acompanhá-lo e nem suas orquestras. O acompanhar, por mais maduro que fosse de minha parte, era não o deixar ir, ou não me deixar ir. Era manter uma janela aberta para que um dia ele pudesse voltar sem precisar dizer nada.

E mais uma vez, me senti livre. O que ele iria pensar desta desconexão? Bom, acho que foi um "vai se foder como amigo" digital. Isso se ele perceber tal desconexão...

Achei divertido ficar ali, bisbilhotando as coisas do Edu de calcinha e usando sua camiseta do Metallica. Seu mundo estava me surpreendendo. Achei também uma coleção de Ernest Hemingway, que adoro, e mais uma vez, me lembrei da viagem de Cuba e dos mojitos que faziam minha cabeça latejar tanto.

Ele tinha fotos de viagens com a família e uma outra que parecia ser em algum churrasco da turma. Edu tem muitos amigos e grupos: do colégio, da faculdade, do futebol, do skate. Acho que do bairro também, fora a banda. Sempre confiei nas pessoas com muitos amigos; bons amigos.

Distraída, não o percebi chegar com cheiro de banho. Adoro esse cheiro recém-saído do chuveiro. Ele veio me abraçando por trás. Mesmo com vontade de jogar longe sua toalha e a camisa do Metallica, pedi para tomar um banho antes – nada mais justo.

Como o quarto do Edu não é suíte, olhei no corredor para ver se havia alguém e corri em direção ao banheiro – como adolescente fugindo do flagra dos pais, ou melhor, do irmão mais novo.

A água quente molhava o meu corpo. Observava os azulejos estampados do banheiro antigo. Fechei os olhos e senti um relaxamento nunca sentido antes. Como se a barulheira interna de anos tivesse se calado. Não sei se era o Edu, se era o maestro descendo pelo ralo, ou Marcos na prateleira, na verdade não era nenhum dos três, era como se eu tivesse encaixado em mim mesma e, por isso, o barulho se calou.

Fechei a água, me enrolei na toalha, chacoalhei meus cabelos curtos, atravessei o corredor, tranquei a porta do quarto e deixei a toalha cair.

Capítulo 23

Edu me deixou em casa à tarde e foi para o futebol. A disposição masculina é algo que me impressiona diariamente. Já eu, precisava me recuperar da noite anterior e me preparar para o jantar e pós jantar com o Marcos. Boa parte de mim queria desmarcar, mas não podia fazer isso mais uma vez. Outra boa parte de mim queria ficar sozinha em casa, de pijama, vendo filme com a Chanel, dormindo e acordando sem qualquer compromisso. E para o Edu, hoje era noite da tia com o Pedrinho.

Liguei a tv, me esparramei no sofá com minha bola de pelos e o notebook. Passava um filme de guerra qualquer. Li uns e-mails e acompanhei a vida idealizada das pessoas nas redes sociais. Postei a frase: *"Quando o seu coração falar, escute. E quando a vida decidir mudar tudo o que planejou, aceite"* – de uma nova autora que me identifiquei. E comecei a fazer umas buscas sem muito sentido na internet. Coloquei no buscador: *Namoro com um cara dez anos mais jovem*. Resolvi arredondar o número, afinal sou nove anos e oito meses mais velha que o Edu.

Logo de cara apareceu:

Dúvida no namoro, ele é dez anos mais novo.

Estou com dúvidas, pois ele é dez anos mais novo, estou com 48 e ele com 38. Sempre tive preconceito com esse tipo de relacionamento, e agora justo eu estou tendo um caso assim. Ele diz que gosta de mim, a gente se dá super bem; a família e a filha dele também me adoram, mas minha dúvida é que tem tanta menina nova por aí... eu tenho medo que ele possa me trocar por outra... fazia cinco anos que não tinha nada com ninguém, então surge ele na minha vida mudando tudo... estou super feliz, mas tenho medo da decepção. Me deem uma luz, o que fazer, continuar ou terminar enquanto é tempo?

Sem brincadeira, tinham mais de 35 respostas. E fiquei me perguntando, quem tem tempo para ficar nesses sites de enquetes respondendo dúvidas idiotas?

Tinha de um tudo. Desde os super sinceros dizendo que com o tempo essa diferença ia pesar, que ele ainda era novo e podia querer mais filhos, que tem muita mulher no mercado, as amigas falando para ela confiar no taco dela, que trocar por outra independe da idade e que e o importante é que ela estava feliz.

Ao reler a dúvida da quase cinquentona, eu, a quase quarentona, achei o caso dela diferente, apesar de ser igual. Primeiro eles estavam namorando. Já eu estou ficando com o Edu, depois os dois já tem filhos cada, eu estou nos 45 do segundo tempo para ter meu primeiro e único. Além disso, não foi o Edu quem mudou tudo na minha vida, eu é que mudei tudo nela, incluindo sair com ele. Mas, uma coisa nossas histórias tinham em comum, o medo dessa diferença de fato pesar. E se Edu quiser ter três filhos?

É preciso de tempo para chegar à conclusão se algo é perda de tempo.

Esta pressão de trazer para o valor presente vivências futuras me incomoda profundamente. Preciso definir se a possibilidade de relacionamento é ou não perda de tempo, quando tudo na vida é uma aposta? Sem esse experimentar, ou dilatar, essa conclusão não é conclusão, mas sim um julgamento antecipado.

Passei o resto da tarde lendo alguns artigos, os casos mais comuns são entre mulheres famosas com homens mais novos. E talvez isso aconteça com maior frequência nesse meio, por conta da admiração que os famosos despertam naturalmente nos anônimos, ou por serem pessoas mais abertas e de mais fácil quebra de paradigmas. Quanto mais eu lia, mais me lembrava da música Eduardo e Mônica, de Renato Russo: "Quem um dia irá dizer que não existe razão nas coisas feitas pelo coração" – e ficava ainda mais irritada.

Minhas pesquisas terminaram quando Marcos ligou com voz de saudade, o que, de certa forma, me tranquilizou. A barulheira interna tinha voltado e as certezas passaram a voar como pipas no céu.

Já eram mais de sete horas e Marcos passaria para me buscar às nove.

Chanel assistia à matança na televisão compenetradamente. A deixei no sofá e fui tomar outro banho para me arrumar para o encontro. Sairíamos para jantar no terraço de um hotel em Copacabana.

— Oi! Posso descer? Tá... beijos.

Coloquei um vestido preto decotado. Não era o preto longo dos sonhos, mas era um pretinho nada básico, bem sensual. Meu cabelo está mais curtinho, fiz um corte que deu bastante movimento aos fios lisos e aproveitei para colocar um brinco cumprido de ouro que me dei de presente de 35 anos de um design de joias contemporâneo amigo meu. Quando se é mais madura, ainda solteira e sem filhos, nos permitimos fazer certas extravagâncias financeiras sem culpa, ou reclamações quanto à fatura do cartão de crédito, afinal, você é a única pessoa que a vê e paga.

Estava maquiada, cheirosa e usava uma sandália de salto dez de arrasar. Estava gata e sabia. Estava gata e sentia. Se Edu me visse assim, além de ficar excitado em dois segundos, daria o olhar mais doce e admirado já visto.

Com Marcos não foi muito diferente. Arregalou os olhos e, com um breve suspiro, gritou: "Uau! Você está linda", assim que entrei no carro. Nos beijamos longamente e logo percebi a diferença do beijo do Marcos para o do Edu. Demorei um pouco para me adaptar, mas ao final achamos um bom encaixe.

Enquanto Edu consegue tirar o melhor de mim, Marcos me faz sentir segura e protegida. E ao longo da noite, por diversas vezes, me lembrei do papo com Edu, onde ele me perguntava se eu buscava amor ou estabilidade. Queria os dois, será que é pedir muito?

— O que foi, Marcos? Por que está me olhando assim?

— Hoje você está especialmente linda, Clarice. Algo em você brilha, sei lá... será que foi o projeto?

— Obrigada, mocinho. Mas, que projeto?

— Ué, você não ficou trabalhando em um projeto de sexta para sábado?

— Ahhhhhh, o projeto... é, se você está falando, deve ser o projeto então...

— Me fale mais desse projeto, já que ele te deixou tão iluminada e me deu um beijo com a vista mais brilhante e alta da praia de Copacabana.

Uma brisa fresca passava e eu suava para explicar que o projeto Edu era uma obra de design que nunca existiu. Meu estômago revirava. Pensei que teria uma dor de barriga ali mesmo, levando descarga abaixo toda aquela produção.

Em vez de ir ao banheiro, resolvi beber para relaxar, e foi a melhor pedida. Nossa coleção de garrafas está virando rotina. Ri muito durante a noite. Acabou que ficamos no lounge do deck do hotel beliscando. Pedimos um tartar de atum, bruschetas e uma tábua de queijos. Tivemos muito papo e muita noite. Preferimos o vinho tinto, mesmo a noite estando quente. Porém, a última garrafa foi um champanhe rosé para brindar a vida e ao nosso futuro juntos.

Por que bêbados adoram fazer isso?

Marcos estava como sempre cheiroso, mas hoje estava solto, sexy e tínhamos um entrosamento maior. Falamos de família, nomes de filhos, algumas coisas que não lembro e fizemos um jogo, tipo um jogo da verdade.

— Não vale mentir, hein, Marcos?

— Ué, Clarice, por que eu mentiria?

— Sei lá, você está muito perfeitinho para ser verdade. Quero achar aí dentro o jovem rebelde e eloquente que queria conquistar ou destruir o munnnndoooo! — E abri os braços já dormentes.

— Sim, doutora, manda a primeira pergunta...

— Você já bateu em mulher?

— Que pergunta é essa? — respondeu com os olhos esbugalhados.

— Não foge! Pergunta de perguntar, ué! Já bateu em mulher, senhor perfeitinho?

— Você tá querendo apanhar, Clarice? Posso ser violento na cama — falou com tom de ameaça.

– Tá looooooouco? Claro que não, eu gosto de carinho. Estou perguntando se você já perdeu o controle numa briga, numa discussão ou, sei lá, se alguma mulher já te tirou do sério a esse ponto... nunca te vi alterado e, sei lá, você é grande, não vou conseguir me defender... – E ri dando mais um gole na taça número perdi as contas. Só sei que minha boca e dentes já estavam todos roxos naquela altura.

– Nunca bati, mas bateria.

– Bateria? – respondi espantada (acho).

– Sim. Se uma mulher fizesse alguma coisa de ruim com você ou com um filho meu, bateria sem pensar duas vezes, aliás meteria a porrada sem dó ou piedade.

– Opa! – agora sim tenho certeza de que respondi espantada. – Que bonitinho você, lindo, apaixonei... – e me joguei em seus braços.

Ele tentou me fazer umas perguntas do tipo se já saí com dois homens ao mesmo tempo, o que não achei que era mera coincidência. Mas desconversei com beijos e amassos no sofá.

Deixamos o carro em Copacabana, porque não tínhamos condições de dirigir. Não tínhamos condições nem de andar em linha reta.

Fomos lá para casa e transamos de uma forma mais largada, solta, acho que até um pouco falada. E sim, transei com ele no mesão e foi bom. Como bebida faz milagres. Acho que no meu estado faria até *pole dance*, caso o tivesse.

Em momento algum me recriminei de ter transado com dois caras no mesmo dia pela primeira vez. Na verdade, nem foi no mesmo dia, pois já era depois de meia noite e bota depois nisso. E confesso que quanto mais prático, mais vontade tenho de praticar. Me causa efeito inverso, acredito eu.

Adormecemos entrelaçados. Marcos roncou de cansado e de bêbado no meu ouvido. Achei de certa forma engraçado, mas também me causou desconforto. Não lembrava mais o quão ruim é dormir com alguém que ronca a noite toda.

Dormi por espasmos, já ele como uma pedra sonora. E naquele dorme e acorda, com o tentar virar o outro de lado para ver se assim vem o silêncio, ouvi o interfone tocar.

Mesmo assustada, demorei a ter forças para levar meu corpo para atendê-lo.

– Edu? O que você faz aqui?... Meu telefone não pega direito em casa, mas acho que acabou a bateria também, e esqueci de carregar... Pedrinho? Está... Está... Ele só vai embora mais tarde, vou levá-lo comigo no lanche de domingo... Estamos fazendo pintura no terraço, por isso demorei para atender... É delícia... Delícia... Subir? Huummm... Mas vem cá, o que deu em você de passar aqui a essa hora de surpresa? Claro que adoro surpresas, Edu, mas tenho certeza de que você só passou aqui porque se empolgou com a bicicleta e resolveu desviar um pouco do caminho, não foi isso?... Viu? Como sou companheira na causa dos ciclistas, vou deixar você dar a sua pedalada enquanto dou atenção ao meu sobrinho e mais tarde a gente se fala, que tal?

E assim, com uma habilidade tirada lá do cursinho de teatro em mil novecentos e bolinhas, consegui desviar Edu para me manter no jogo. Além disso, tive que ter a preocupação de não falar alto para o Marcos não escutar. Minha sorte é que a cozinha é longe do quarto e, como ele continuava a dormir como uma pedra roncosa, entendi que caso ele tivesse escutado algo poderia achar que havia sido um sonho.

Me deitei para tentar dormir mais um pouco e acho que só consegui porque estava muito cansada, odeio dormir picotado.

Lá pelas tantas, eu que sonhava acordei com o cheiro dos ovos mexidos. Marcos estava na cozinha fazendo o café.

– Bom dia, Bela Adormecida.

Piadinha clichê, mas achei bonitinho. Até porque ele estava de cueca e blusa social, com os cabelos bagunçados, muito sexy. Nada nesta cena não cairia bem... é, Edu vendo, não cairia nada bem...

Pelo Marcos ele passaria o dia comigo. Mas eu precisava ir para a casa dos meus pais lanchar no fim da tarde. Ótima desculpa.

Ele preparou o café da manhã com ovos mexidos bem temperados com ingredientes da minha hortinha, torradas com manteiga, banana com iogurte, granola e mel e suco de melancia feito na hora. Nem eu sabia que minha geladeira estava tão bem equipada.

Tivemos um longo café da manhã.

Inspirada no papo com o Edu pelo interfone, convidei Marcos para brincarmos de pintar. Queria ver o potencial artístico deste não tão moço. E até que ele foi bem. Desenhamos a casa dos sonhos primeiro e depois um desenhou o outro. Fiquei meio torta no retrato dele, com um olho mais caído que o outro e boca menor que de fato é, mas até que ele conseguiu retratar alguns traços meus. Já eu pintei um homem imponente, classudo, e confesso que coloquei mais luz em seus olhos que de fato tem. E ele levou embora o seu retrato, bastante feliz... Só espero que não resolva colocar na parede de seu novo apartamento.

Percebi que ele queria concretizar um futuro. Primeiro me convidou para voltarmos a Búzios daqui a duas semanas e testarmos a pousada em que ele ficou, depois falou de restaurantes que eu tinha que conhecer e outros que ele queria conhecer comigo. Até viagem de fim de ano ele fez planos: Fernando de Noronha, para mergulharmos juntos. Bom, ainda faltam dois meses para o fim do ano, até lá, verei.

Tentei ser o mais vaga nas respostas possível, porém me permiti viajar um pouco com ele nesses planos, afinal, naquele momento eu estava inteira e tinha vontade de fazer todos aqueles programas. Amanhã não sei se continuarei sentindo isso, mas hoje eu sinto, sinto de verdade.

Este sentimento me fez entender todos os caras que por muitas vezes me prometeram mundos e fundos num dia e no outro já estavam com outra.

Preciso tirar um cochilo antes de ir para os meus pais, estou muito cansada...

Chanel, fica aqui dentro, lá fora tem tinta no chão...

Capítulo 24

— Clarice, já que você não decide, comprei nossas passagens.

— Cuba?

— Não era Cuba o combinado? Você já passou da idade de querer ir para a Disney.

— Quando?

— Daqui a duas semanas, dez dias — adeus Búzios com o Marcos, pensei.

— Calma, pai. Tenho ainda algumas obras, preciso ver algumas coisas. Não posso me ausentar assim... agora sou só eu... pensando bem, posso sim... hoje posso o que quiser... pai, nossa viagem pra Cuba! — E levantei o corpo do sofá.

— O ano está acabando e combinamos, no *réveillon* passado, que este seria o nosso presente, não foi, filha? — E me deu um abraço emocionado.

— E a mamãe está bem com isso? Você já falou para ela?

— Já, conversamos a respeito e ela aceitou.

— Duvido, pai, você nunca viajou sem ela.

— Exatamente, minha filha. A resposta dela foi: "Tudo tem uma primeira vez, que bom que será com a Clarice".

— Nossa, dona Helena evoluiu, que bom para nós!

— Não fale assim de sua mãe — respondeu debochadamente.

Sempre amei muito a minha mãe, nos damos superbem, mas afinidade e entrosamento genuíno sempre foi com meu pai, doutor Egberto Garcia Flores.

Dizem que as meninas são mais agarradas com o pai e os meninos com a mãe, porém, sou bem mais agarrada com meu pai que a Laura, ela tem mais afinidades com a mamãe. O dia que eu entender de genética, ou seja lá o que for, farei um comentário com mais propriedade sobre este assunto.

Meus irmãos são bem grudados com ela também, mas são os maiores parceiros do meu pai no futebol. Nunca vi, desde sempre vão ao Maracanã e assistem aos jogos do Flamengo juntos. E haja assunto sobre isto entre eles. Até bem pouco tempo, meu pai e meus irmãos tinham a pelada semanal no clube aqui perto. Como hoje meu pai está mais para lá do que para cá, com seus setenta anos, os únicos esportes que tem feito são as caminhadas e a "copoterapia".

— Pai, vamos para Havana, Santiago de Cuba, Varadero e Cayo Largo?

— Fechei com a agência da sua prima, mas segui aqueles roteiros e dicas que você me mandou e montei um só nosso. Só que é surpresa.

— Mas você sabe que quero ficar mais tempo em Havana, né? Conseguiu falar com aquele guia local que a minha amiga Roberta disse para contratamos? Você sabe que lá o melhor é conversar e conviver com as pessoas. A Roberta disse que esse cara vai nos levar para experimentar Cuba e que ele ainda é meio mago, vidente, sei lá... Estou precisando de boas previsões — falei com cara de controladora.

— Te conheço bem, minha filha, mesmo que você ache que não. Essa viagem é nossa, minha para você, e a montei para ser assim, um presente meu.

— Obaaa! Não vou precisar pagar nada, é isso mesmo? 0800? *Regalito de papá*? — E dei uma rodopiada.

— Exatamente. Não sei quando poderei proporcionar outra viagem dessas... mas não conte para os seus irmãos, para não causar ciumeira. — E me tirou para dançar no meio da sala, sem música.

Ficamos ali dançando, conversando e rindo, falando sobre Cuba, charutos, mojitos, Fidel e o comunismo. Roupas para levar e como seria a nossa, só nossa viagem.

Adorava esses momentos com meu pai e dançar com ele na sala. Ele dizia que eu era mais leve dançando que minha mãe. E devo confessar que meu pai era um charme dançando. Tenho certeza de que vamos nos divertir muito.

Sábios são aqueles que sabem aproveitar os amores que tem. Fora meu pai, parece que eu estou aproveitando bem estes dois novos amores. O problema vai ser não querer escolher, ou saber ficar sem os dois, ou com um dos dois, porque com os dois, tenho eu para mim que não vai dar para ficar.

— E os seus namorados, como andam, Clarice?

— Como assim namorados, pai?

— Você não veio domingo passado, mas foi o assunto do lanche. Estou sabendo de tudo. Seus irmãos sempre me mantêm bem informado. Além do novinho, sei que tem o cara do metrô. Quem está balançando o seu coração?

— Vou matar a Laura!!

— Mata nada, vem comigo aqui fora fumar um cigarro e me conta essas histórias. Até porque preciso contar para sua mãe, que morre de curiosidade e diz que você não se abre com ela.

– Pai, você sabe que parei de fumar e você deveria fazer o mesmo.

– Parou mesmo? Achei que era pirraça de dias de Clarice.

– Os dias de Clarice mudaram, paizinho. Agora Clarice transa literalmente com dois. Essa não era sua eterna preocupação? De tanto que você me perguntou, agora finalmente respondo: sim, pai, estou transando com dois, mas continuo sem usar drogas. Se um dia isso acontecer, aviso também.

Saímos lá para o jardim da piscina rindo e conectados. Meu pai logo acendeu o cigarro e eu nem senti vontade de fumar.

A necessidade havia passado, exatamente como sentimos quando um amor acaba. Parece que um dia a gente acorda e, de repente, sem avisar, toda aquela dor e tristeza acaba. Não sei se é um click, justiça divina, se Deus resolve ser legal com nosso coração e diz: "cansei de deixar essa mocinha sofrendo por esse idiota, agora pode acordar". Só sei que tem coisas que como num passe de mágica se resolvem.

Como já disse outras vezes, a tristeza só passa quando a gente passa por ela. Parece que a vontade também segue esta linha. Senti tanta vontade de fumar nesse período, que a vontade passou.

Ficamos conversando sob as estrelas por um tempo. Meus irmãos já haviam chegado, mas ignoramos a existência deles. Apontei para uma estrela cadente e fizemos um pedido em silêncio.

– O que pediu, pai?

– Pedi que seu desejo se realizasse.

– Ihhh, ferrou, eu pedi que o seu se realizasse.

– Então as estrelas vão decidir o que te dar, minha filha – E colocou o braço em minhas costas.

– Elas não precisam ter ideias tão brilhantes, pai. Agora, depois que te contei a história do Edu e do Marcos, o que você acha que eu devo fazer?

– Minha filha, mais do que aquela resposta batida sobre você escolher o que te faz feliz, ou dizer que não dá para você ficar transando com os dois porque isso, além de não ser higiênico, não pega bem junto aos porteiros, o que eu tenho a te dizer é que a resposta já existe dentro de você, procure conversar com ela. Se você tem dúvidas a resposta é não, mas se você tem medos, converse mais um pouco. Você quer ter uma família, mas acima de tudo quer ser amada, porém, te conheço, você só consegue se deixar ser amada quando você ama. Logo, converse um pouco mais internamente, porque hoje você ainda está com medo de ser amada, isso tudo é só medo. Vamos descer para o lanche?

Descemos e fui logo tomar satisfações com Laura. Mentira. Primeiro beijei e apertei todos os meus sobrinhos que estão cada vez maiores e são os mais lindos da titia. Depois de uma meia hora brincando com eles, fui tomar satisfações com a Laura.

– Poxa Laura, te conto as minhas coisas e você, na primeira oportunidade, coloca na rádio notícia da família Flores?

– Sem dramas, Clarice. Não falei nada que não fosse verdade e nada que fosse demais. Maninha, sua vida anda muito mais animada que as nossas – E passou a mão no meu rosto.

– Pois é, parece que andam me acompanhando como novela.

– Chega de drama, garota! Esquece esse assunto. Agora eu quero saber como foi a noite com o Marcos e com o Edu. Enfim, preciso saber de todos os detalhes. Vamos lá dentro!

Definitivamente não consigo brigar com a Laura, até porque também adoro uma fofoca.

E fomos tricotar no escritório.

Capítulo 25

— Ai, maninha, desculpe pelo atraso.

— Tchanammmm! — E mostrei a Laura o desenho de minha futura tatuagem.

— Uau, Cla, tá linda! A sua cara! — gritou puxando o papel.

— Gostou?

— Amei! Bom esse cara, hein? Onde achou?

— Lembra do Bruno, meu amigo da nossa rua?

— Sei...

— É o irmão dele. Um puta tatuador, sempre quis fazer uma com ele. Agora *voilá*, cá está ela prestes a ser tatuada na minha virilha!

— Nossa, está linda mesmo, delicada e forte. Nunca imaginei que margaridas pudessem ficar tão bonitas. Se no papel está assim, imagina na pele. Você vai colorir?

— Você verá, Laurinha. Estou tão animada, tão ansiosa! Obrigada por vir, maninha.

— Não poderia perder esse momento! — E me deu um abraço — Vou tirar muitas fotos!

— Maninha, calma. Não sei se quero que você fotografe.

— Não está depilada?

— Claro que estou. Nessa minha fase, depilação é prioridade, né gata? Mas não é isso. Estou em um momento tão íntimo, por isso escolhi esse local, não sei se quero dar publicidade. Ela será para poucos. Se você tirar fotos, sei que antes de acabar a tatuagem elas estarão no grupo da família.

— Ok, você que sabe.

Em menos de meia hora o Beto me chamou. Estava pronto para me tatuar e eu para ser tatuada. Amei o desenho que ele fez.

"Delicada e forte. Nunca imaginei que margaridas pudessem ficar tão bonitas." Esta era eu na frase de Laura, ali tatuada em três lindas margaridas. Duas em preto e branco e uma amarela viva. O Beto, irmão do Bruno, fez um trabalho que estou suspirando até agora.

As margaridas tinham movimento, força, alegria e beleza estampadas em uma delicadeza íntima que só ele soube captar. Me sentia florescendo pela pele através daqueles contornos.

Procurei o significado da tatuagem de margaridas e descobri que ela carrega o símbolo da inocência. Colocá-la em local nada inocente quebrava essa inocência toda que havia acumulado ao longo da vida. Na verdade, eu queria mesmo era calar este bem me quer, mal me quer diário em relação a tudo.

Uma tatuagem para cada fase marcante; o infinito na nuca, o coração sangrando nas costas, o pé de vento no tornozelo e agora as flores em região íntima. Mente, sentimentos, pernas em ação, e agora a intimidade.

Deixei Laura em casa e fui para a minha começar uma nova escultura.

Capítulo 26

Já estou aqui. Pode descer. Bj.

Bati a porta, chamei o elevador, olhei no espelho e aproveitei para retocar o batom. Sabia que era uma noite especial, ele me avisou antes, até porque passaríamos dez dias distantes. As malas estavam prontas e todo resto também. Meu pai e minha mãe me ligavam de cinco em cinco muitos para os últimos detalhes da viagem. Atipicamente, eu estava bem tranquila, sem aquele estresse pré-viagem.

Usava um vestido verde bandeira que adoro. A noite estava quente, quase uma redundância quando se fala de Rio de Janeiro. Dizem que aqui só tem duas estações, verão e inferno, então acho que ainda estamos no verão.

O vestido de crepe de seda tinha alças finas que se cruzavam nas costas nuas. No decote, o leve babado dava um ar mais de menina, junto com uma saia esvoaçante até o joelho que escondia uma fenda nada de menina. Gosto deste vestido exatamente por isso. O colorido das tatuagens na pele compõe com o verde. A nova de flor ainda não foi descoberta por ele; e tenho certeza de que será uma deliciosa surpresa. Fiz o cabelo com musse no estilo molhado e coloquei atrás da orelha. Dei um volume em cima e fixei. Coloquei um brinco de brilhantes delicado e fiz uma maquiagem esfumaçada. Estava com o perfume que ele gosta, produzida como ele merece e sem calcinha.

Não precisei esperar pelo elogio. Ele estava fora do carro e sorriu assim que me viu sair pela portaria. Abriu a porta. Dentro do carro tocava a música *Garotos*, de Lenine. "Garotos não resistem aos seus mistérios, garotos nunca dizem não, garotos como eu sempre tão espertos, perto de uma mulher, são só garotos". A última coisa que aquele homem ao meu lado era, um garoto.

Ele usava uma camisa de gola V de listras largas azuis e brancas. Seus ombros largos ficavam ainda mais marcantes. Combinou com uma calça de sarja azul desbotada e *topsider*. E eu o chamei de meu marinheiro.

– Tenho uma surpresa para você, Clarice.

– Para mim? – já esperava que hoje seria uma noite incomum.

– Sim. Você confia em mim? – E inclinou seu corpo para abrir o porta luvas.

– Nossa, fiquei tensa agora! Confio, mas o que você está aprontando?

– Quero te convidar para uma experiência sensitiva...

Dei uma risada alta, recuando o corpo para trás. Tenho por hábito rir quando não sei o que falar.

– Que tipo de experiência?

– Te perguntei primeiro se você confia em mim – falou olhando diretamente no meu olho e mais uma vez senti vontade de rir – a base dessa experiência é a confiança...

E naquele momento me arrependi de ter ido sem calcinha. Ele nunca havia falado comigo daquele jeito tão direto, ao mesmo tempo doce. Sempre doce.

– Confio, claro que confio. Assim você está me deixando nervosa. É alguma coisa ligada a sexo?

– Clarice, tudo para você relacionado a nós está ligado a sexo?

E mais uma vez fiquei com vontade de rir, só que agora de sem graça.

– Claro que não, Edu, claro que não. É claro que confio, é que sei lá... esse seu tom sedutor, direto... você falou que seria uma noite diferente... Para de me deixar curiosa! O que tem aí na sua mão?

– É uma venda. Quero saber se posso te vendar agora para essa experiência sensitiva. Tenho certeza de que você vai gostar – E abriu a venda preta, mostrando como um convite a vesti-la – posso colocar?

Achei aquilo tudo muito inusitado, fiquei de certa forma incomodada. Não estava assustada. Estava desconfortável e ele percebeu. Deixou a venda no colo e segurou a minha mão.

– Clarice, não tenha medo, não faremos nada demais, só quero que você se dê a oportunidade de sentir de verdade nós dois juntos. Você quer tanto estar no controle que não percebe tudo que perde à sua volta. Só quero que você feche os olhos e relaxe, e sinta tudo que está aí dentro. Sei tudo que tem aí, mas não sei se você sabe...

Ele vai apagar as luzes externas para que eu possa enxergar as internas.

Edu tem esta capacidade de me deixar sem palavras, de desconstruir toda a minha razão e de ocupar, preencher tudo à minha volta, sem me invadir. Parece que ele conhece cada pedacinho meu e gosta. Fico me perguntando por que ele faz isto, por que ele quer tanto esta densidade? E sei que meu medo não é do que vai acontecer esta noite, mas sim do que posso descobrir dentro de mim e que não quero ver.

Eu o deixei me vendar. Não enxergava nada. A partir do momento que resolvi me entregar, fechei os olhos e fui. Edu ligou o carro e seguiu. Como o carro tem *insulfilm* escuro, não corríamos o risco de nos pararem achando que ele havia me sequestrado.

Ele dirigiu por uns vinte minutos. Durante todo o trajeto segurou minha mão. O som era Lenine, e sabia que a escolha não era aleatória.

Sentia uma tensão, acompanhada de entusiasmo com aquilo tudo, com aquela vontade decidida dele. Sabia que era exatamente isso que me afastava. Não estou acostumada a me quererem, ou melhor, ao longo dos anos, perdi a confiança de que eu posso ser a escolhida. E quem me deixou assim foram justamente os anos. A cada ano a mais, uma confiança a menos.

— Por que você está fazendo isso, Edu?

— Isso o quê?

— Isso, esse empenho em me conquistar, em me fazer entender o que ainda não entendo.

— Você é muito clara para mim, Clarice. Mas não quero te falar isso agora, estou feliz que você tenha topado esse desafio.

— Hahaha, desafio foi ótimo! — falei meio debochada.

— Sim, desafio. Para uma controladora, deixar o controle de lado não é algo tão fácil. O controle excessivo em muitos casos é o medo do inesperado — E me deu um beijo na bochecha.

— Por que Lenine? — perguntei olhando para o lado, mesmo sabendo que não veria a cara dele ao responder.

— As músicas são boas, me identifico com uma em especial...

— Paciência? — falei sorrindo.

— Engraçadinha. Essa também, mas outra... a história dele é interessante. Sabia que ele é filho de comunistas e que se libertou através da música?

— Hummm, não sabia. Você está falando de *Garotos*?

— Sim, mas não sou eu o garoto da música.

Eu é quem era o garoto da música: "garotos como eu sempre tão espertos, perto de uma mulher, são só garotos..." perto daquele menino-homem, eu era apenas uma garota insegura. E mais uma vez me arrependi de ter ido sem calcinha.

Chegamos ao local. Edu me garantiu que não era nenhum lugar público. Imagina chegar vendada em um restaurante? Querendo ou não, sou uma mulher com uma imagem a zelar. E chegar em um lugar badalado vendada, acompanhada de um pirralho, não seria uma experiência sensitiva positiva.

Ele estacionou o carro. Era uma rua silenciosa. Pelo caminho sei que subimos alguma ladeira. Abriu a porta para mim, pegou minha mão e caminhamos em direção ao portão de uma casa. Devia ser algum condomínio, acho eu.

Ouvi Edu abrir a porta. Minhas mãos estavam geladas.

– Você fica linda até de olhos fechados... – disse ele ao meu ouvido.

Tomei um certo susto quando ele falou, pois, me concentrava para não tropeçar com o salto na calçada íngreme.

Entramos na casa. Andei bem devagar. Segui por um caminho de cimento. Não era um jardim. Edu, que segurava a minha mão o tempo todo, soltou e saiu acelerado.

– Edu, cadê você? De quem é essa casa? – falei nervosa.

– Estou aqui bem perto de você, pode me sentir?

– Sim. De quem é essa casa? – perguntei.

– Quem disse que é uma casa? Mas se você imagina que é uma casa, então é uma casa...

– Me dá a sua mão.

– Não precisa. Se você andar reto, chegará no destino certinho. Estou aqui do seu lado, não vou sumir.

– Edu, estou de salto, posso tropeçar.

– Você não vai tropeçar e, se quiser, pode tirar os sapatos para sentir melhor essa experiência.

"Nem ferrando" – pensei eu.

Fui caminhando. Muitas coisas passaram pela minha cabeça. Onde estávamos, se havia gente olhando, se ia cair, se um cachorro pulando apareceria, ou se Edu me deixaria ali, ao contrário do que ele dizia. Penso inúmeras coisas, mas a última é sempre se vão me deixar, ou se de fato vão aparecer.

Enquanto caminhava, deixei as vozes de lado e comecei a gostar daquilo, em me concentrar, me trazer para o estado de consciência, no estilo *mindfulness*, e afastar os medos e pensamentos paranoicos. Segui firme, sabia que Edu estava ao meu lado. É importante a gente sentir que mesmo sem ver ou tocar, certas coisas sempre estarão ali. Nunca havia percebido isso.

Senti o cheiro de folhas, era uma casa. Devíamos estar no bairro do Jardim Botânico. Andamos em silêncio até Edu me segurar pelo braço: "Espere um segundo" – disse ele. Fiquei parada por uns dois minutos. Sem distrações, dois minutos que pareciam uma eternidade. Senti sua mão percorrer o meu braço até encontrar a minha; estava um pouco suada. Caminhamos juntos. Comecei a ouvir uma música, mas não vinda de uma caixa de som, era ao vivo – achei o máximo.

Podia identificar o violão, um violino, e acho eu que também tinha um violoncelo. Tocava algo que não conhecia. Ok, também não sou grande conhecedora de músicas, principalmente as clássicas. Mas era uma música espanhola, lembrava um tango.

Não conseguia identificar se os músicos estavam perto, ao lado direto, ou esquerdo. Só sei que a melodia me tomava e eu flutuava. Edu me envolveu pelos braços e me tirou para dançar. Em silêncio nos encaixamos. Ele me segurava pelas costas e conduzia meu corpo. Com os olhos fechados via outro homem ali me segurando. Sabia que estava segura.

Dançamos um pouco, depois nos sentamos para degustar o jantar.

Tudo foi uma experiência de sentidos. Entrei em contato com meus mais puros sentimentos e me emocionei algumas vezes. Achei uma delícia poder sentir a comida, tocar nela, comer com as mãos e descobrir cada sabor. Ter uma opinião a partir dos sentidos e não do que se vê. Sem vendas, os olhos julgam e o paladar confirma ou não, ou fica brigando para confirmar o que os olhos veem. Sem ver, o julgamento, ou a percepção não julgada, acontece a partir da experiência verdadeira do sentir.

Por que fico tão presa às imagens? Será por que sou arquiteta? Que paradoxo. O sentir sempre foi tão forte em mim justamente para poder criar do intangível as imagens. E agora me pego presa nas imagens que eu mesma construí.

Ao fundo tocava o instrumental *Wave*, de Tom Jobim. E fiquei cantarolando em minha mente, enquanto dançava novamente com Edu:

"Vou te contar, os olhos já não podem ver/ Coisas que só o coração pode entender/ Fundamental é mesmo o amor/ É impossível ser feliz sozinho (...) O amor se deixa surpreender/ Enquanto a noite vem nos envolver..."

O Edu não tinha nada de moleque, nada de inconstante, nada de imperfeito. Ao contrário, ele era perfeito para mim, em todos os sentidos.

— O que foi, Clarice, por que está emocionada?

— E tem como não estar? Esses músicos tocando maravilhosamente, os sabores regionais dos pratos, você...

— O que tem eu?

— Por que você está fazendo tudo isso, Edu? Qual o seu objetivo com essa história toda?

— O meu objetivo?

— É, por que está fazendo isso? — Olhei mesmo vendada para ele, enquanto dançava apoiada em seus braços largos.

— Já te falei, para que você entre em contato com seus verdadeiros sentimentos, com a gente — e mordeu minha orelha levemente.

— Não estou entendendo onde você quer chegar — falei abraçada em seu ombro.

— O que você está sentindo agora, Clarice?

– Medo... – falei sem pensar.

– Eu estou aqui, não vou sair daqui, não quero sair daqui. Por que medo?

– Medo disso tudo...

– Disso tudo acabar?

– Disso tudo não ser real... – falei ainda em seus ombros como se estivesse sendo ninada.

– Você não deixa as coisas serem reais. Toca no real, isso é real! – Pegou minha mão e passou pelo seu peito – O que você está sentindo agora?

– Estou me sentindo segura... – e continuei – segura e feliz...

– Viu como você pode ter segurança e amor? Segurança e felicidade? Você só precisa desconstruir as imagens padrão que você mesma cria para fugir desse medo que tem de viver o real fora do padrão. Não é padrão que vão te deixar, não é padrão que se vai ser feliz para a vida toda. Pare de ser cega, Clarice! Os seus pensamentos e seus olhos te cegaram por dentro, eu só estou tirando a venda.

Naquele momento me derramei em lágrimas. Não conseguia parar. Os músicos também não paravam e eu não mais percebia que música tocava.

Inconscientemente eu sabia todos os porquês que me afastavam dele e todos os outros que me aproximavam.

Passei muitos anos com medo de enxergar, não me achando merecedora de todo aquele colorido por só ver a escuridão.

As histórias são singulares e dependem de uma combinação de fatores. Elas não se repetem e, mesmo que se repitam, ainda assim são diferentes. E ainda assim somos merecedores das coisas boas, fruto de nossas escolhas certas, como também das coisas ruins, fruto das escolhas erradas.

Como sou burra! Mas enxergar tudo isso estava sendo bom, muito bom.

As lágrimas secaram, o coração desacelerou, voltei a escutar a música e um sorriso por aquilo tudo saiu.

Edu segurou o meu rosto com as duas mãos e me beijou. Meu coração bateu de um jeito como se fosse me dar um tapa na cara para acordar de uma vez por todas.

Soltei uma risada feliz, sabia que não precisava dizer nada.

– Tem sobremesa? – perguntei ao pé do ouvido, após um longo e demorado beijo.

Capítulo 27

Edu só tirou a venda de mim depois de estacionar em frente ao meu prédio. Tudo vivido naquele espaço está na imaginação do sentir. Gostei, achei interessante.

A noite foi natural, sentida. Falamos pouco. Edu colocou a venda nele e tocou cada parte do meu corpo. O deixei descobrir, mesmo já conhecendo todos os caminhos. Apenas pedi que a tirasse só para mostrar a nova tatuagem. Ele sorriu com os olhos, a beijou e não falou nada. Sabia o que era, e o que representava. Naquela noite as palavras já haviam sido ditas de outras formas e nos entendíamos perfeitamente bem sem elas.

Depois foi a minha vez de ser vendada novamente. Me permiti sentir, tocar em Edu. Foi lindo senti-lo me descobrir e, melhor ainda, deixá-lo me amar sem tirar a venda. Fiz amor com ele pela primeira vez e pela primeira vez em muitos anos deixei que alguém me amasse. Recebi aquele amor sem medo e sem sentir que ia embora.

No dia seguinte, preparei o café e fiquei sentada na cama vestida com sua blusa listrada, só o observando. Era outro Edu, ou eu que era outra Clarice? Ele parecia um príncipe dormindo. Ok, cafona falar isso, mas ele estava lindo — como os príncipes devem ser. Minha vontade era tirar uma foto para colocar no porta-retratos.

Eu estava plenamente feliz comigo e com aquele menino-homem dormindo em minha cama. Feliz em ter sido encontrada, resgatada, e de não quererem me mudar para algo que não sou, ao contrário.

Morreram os dias de Clarice esquizofrênicos que me distanciavam desta felicidade despadronizada. Vieram, quem sabe, novos dias de Clarice, ou a história de Clarice e Edu.

Não estava preocupada em chegar ao final desta história, queria apenas percorrê-la. Tudo bem que, muitas vezes, o outro cria impossibilidades, mas cabe a nós desistir, insistir, ou desconstruir. O investimento é intimamente proporcional ao valor que damos às coisas. E pelo visto o Edu me dava muito, muito valor, mais até do eu mesma me dava.

– Bom dia, zigoto! – falei acordando Edu, que babava no travesseiro.

– Zigoto? Você não desiste, né, Clarice?

– De implicar com você? Nunca. Podem vir jantares vendados, idas à Lua, passeio nas estrelas, que ainda assim você será o meu pequeno príncipe!

– Bonita camisa!

– Virei marinheira de primeira viagem... – E dei uma piscadinha.

– De qual viagem?

– Não te conto porque você está nela.

– Hummm – Falou levantando o corpo nu com cabelos bagunçados, para em seguida se espreguiçar.

– Vamos tomar café? – disse se levantando da cama.

– Epa, epa, epa, volta aqui bunda empinada! – E me puxou.

– O que foi, juba de leão?

– Me dá um beijo de bom dia, com bafo de leão... – E me prendeu em seus braços.

– Estalinho, porque a coisa está feia. Vai já escovar esses dentes aparelhados e me encontra lá fora para tomarmos café – E me soltei fugindo da cama depois de um leve estalinho mordido.

A manhã foi divertidíssima com Edu, mas eu teria um dia corrido, por conta da viagem no fim da tarde. Ele não podia ficar muito, logo agora que eu queria que ficasse. Quem te viu e quem te vê, hein, dona Clarice?

Marcos não parava de ligar. Por descuido deixei o telefone ligado e milagrosamente o sinal em meu apartamento passou a funcionar.

– Quem é Marcos? – perguntou Edu.

– Quem?

– No seu celular tem cinco chamadas desse *Marcos metrô*... posso atender? Ele está ligando de novo.

– Nããããão! Esse cara é um chato, vive me ligando por causa da obra do Lavradio. Não quero falar com ele, deixei tudo encaminhado por lá.

– É? Não parece, ele acabou de mandar uma mensagem dizendo que só queria te desejar uma boa viagem...

Ai como eu odeio a tecnologia e não saber mentir. Que anta eu fui de colocar *Marcos metrô* no celular.

– Agora ele escreveu dizendo que vai ficar com saudades – Falou sentado na espreguiçadeira com o celular na mão e a postura mais debochada já vista. – Qual será a próxima mensagem desse *Marcos metrô*, que de cliente do Lavradio não parece ter nada? – perguntou olhando para o celular como se tivesse descoberto todos os meus segredos, ou melhor, mentiras.

– Me dá aqui esse celular, Edu! – E arranquei o aparelho de sua mão.

– Tá nervosa por que, Clarice?

– Você fica muito bonitinho debochado, viu? Não estou nervosa – assumi também o tom de deboche e voltei para perto dele – Quer saber quem é o Marcos?

– O *Marcos metrô* não é o cliente do Lavradio? Ou seria o cara, filho do senhor que enfartou no metrô? Você me acha muito ingênuo, né, Clarice?

Ai, meu Deus, agora fodeu! Não vai dar para mentir. O que estava tão bom foi por água abaixo. Eu sabia que isto ia dar merda mais cedo ou mais tarde. E como meu pai me ensinou que quem está na merda não pia, vou é ficar quieta.

Saí de mansinho de perto dele e fui até o mesão recolher os pratos.

– Não foge não, Clarice. Você achou mesmo que eu não havia percebido que você andou saindo com esse cara?

– Não saí com ele, Edu. Jantei uma vez depois da missa do pai dele... ele é um cara legal, ficou carente com a morte do pai e alguns acontecimentos. Ficamos amigos, nada demais...

– Não me importo se você saiu com ele, deu para ele, ou até pensou em se casar com ele!

– Não? – perguntei chocada olhando para ele com os pratos na mão.

– Não! Com quem você está hoje? Me importo com a gente. E a cada dia estamos gerando coisas melhores, a cada dia vejo uma Clarice mais bonita, segura, engraçada, leve, doce... – Levantou da espreguiçadeira e caminhou em minha direção – Confio no meu taco! – Tirou os pratos de minhas mãos, os colocou sobre a mesa e me deu aquele beijo de macho.

E ali ele mostrou quem era o meu dono e dono do pedaço. Fiquei com gastrite por causa desta situação, quando noventa por cento de meu estresse era desnecessário. Ok, não era, mas como eu ia saber que Edu reagiria assim?

Tenho raiva deste moleque que dá aula a todos os marmanjos macacos velhos que me relacionei nos últimos tempos, com seus medos, inseguranças e conversas fiadas. Até o próprio Marcos era extremamente inseguro perto de mim comparado ao Edu. O maestro, mesmo com toda sua maestria, era um garoto na puberdade querendo pular de galho em galho.

Por falar nele, nunca mais soube, ou encontrei, mesmo morando nos arredores. Tem horas que a vida se encarrega de resolver, fazer com que o que parecia pesado vire a página. Não sentia falta dele, não sentia necessidade dele, não sentia nem mais vontade de sofrer por ele. Sentia apenas um carinho, algo bom, quase até indiferente. Nem sei por que estou falando do maestro, mas enfim.

– Clarice, terra, terra, Clarice!

– Estava lá em Cuba, preciso pegar o guia que comprei. Não coloquei ainda na bolsa...

– Animada com a viagem?

– Estou, Edu, muito. Vai ser tão bom viajar com meu pai... duas descobertas... – falei com aquele ar de sonhadora e me sentei no banco do mesão.

Edu se aproximou, se sentou ao meu lado e ali ficamos conversando mais um tempo. A gente se escuta muito e isso é muito bom. Expliquei para ele que por anos me sentia do mundo, que por uma vida toda achei que meus pais não aceitavam muito bem minhas escolhas e que talvez por isso, passei os últimos anos buscando aceitação, já que além da carreira, nada vinha dando muito certo. Expliquei também que tudo era uma enorme viagem da minha cabeça, que meus pais, principalmente meu pai, sempre me admiraram e que eles nunca quiseram que eu fosse advogada ou qualquer profissão que eu não quisesse ser.

Eu sabia que nesta viagem eu faria grandes descobertas sobre meu pai, sobre nossa maravilhosa relação e sobre Cuba.

– Por que Cuba?

– Sempre tive vontade de ir para Cuba, de voltar no tempo e viver algo distante desse mundo moderno. Além disso, não quero perder o aprendizado que posso ter agora. Essa vivência...

– Ainda não entendi. Deve ter algo além disso e a urgência pós-morte de Fidel.

– Sim, tem. A minha vida toda falei de liberdade, vivi entre esse enorme paradoxo de prisão e liberdade, me encontrando e me perdendo entre esses dois extremos, e acho que só poderei entender melhor a verdadeira liberdade de escolha depois de vivenciar um regime ditatorial, sem direitos, privações e cheio de deveres. Quero que meu pai esteja ao meu lado, por isso disse que seriam duas descobertas. Acredito que só depois dessa viagem entenderei realmente o que é ser livre.

Edu ficou me olhando. Eu levemente emocionada também o encarei, e ali permanecemos por alguns instantes.

Ele me entendeu.

Capítulo 28

— O que você faz aqui, Marcos? — Abri a porta assustada, já pronta para sair para o aeroporto.

— Tentei te ligar, mas você não atendeu. Estava passando por perto e resolvi vir para te trazer esse presente — E me deu uma caixa.

— Entra, Marcos. Presente? — Falei saindo da passagem e fazendo sinal para que fosse para a sala.

Marcos entrou timidamente, o apartamento estava meio bagunçado.

— Quer uma água?

— Não, obrigado, passei mesmo para te dar um beijo de boa viagem e trazer este presente.

Abri a caixa que mais parecia um kit de sobrevivência. Tinham lenços umedecidos, kit escova de dente, mini hidratante, perfume, álcool gel, um pequeno protetor solar de rosto e também um chip de internet.

— Um kit Cuba? — e abri um sorriso agradecido.

— Isso, andei lendo que em Cuba é preciso andar com um kit de higiene pessoal e que em vez de dar gorjeta, o melhor é dar esses pequenos presentes às pessoas.

— Pois é. Também me informei sobre isso, estou levando alguns *regalos* para lá. Mas, e este chip?

— Este chip é para você ter sempre internet para falar comigo... — E se aproximou de mim.

— Nossa, que surpresa bem-vinda... — respondi meio sem graça.

— Clarice...

— Oi...

— Não preciso esconder de ninguém o quanto gosto de você. Não tenho mais idade para joguinhos bobos e você sabe disso.

— Não entendi... — na verdade me fiz de desentendida.

— Clarice... — E se aproximou de mim, colocando a caixa de lado — Gostei de você desde o dia que segurou a minha mão naquele vagão. Era você e desde então é você...

– Marcos...

– Eu sei que você tem outra pessoa, não ache que sou ingênuo. Sei que ele existia já antes de mim.

– Como assim, outra pessoa? – perguntei, intrigada com aquele comentário. Como ele poderia saber do Edu, se sempre fui muito cuidadosa para que isto não acontecesse? Será que meu esforço foi em vão? Todos sabiam de tudo, menos eu?

– Um garoto, vi vocês outro dia e sei que foi ele quem interfonou quando eu estava aqui...

– Ele é um amigo... – definitivamente fico ridícula mentindo.

– Ele é ele, e eu sou eu. Você não tem mais idade para garotos, Clarice. Você precisa de um homem ao seu lado. E eu não tenho mais idade para joguinhos.

Mesmo com aquele discurso arrogante, fiquei ali parada como uma idiota olhando para ele, e ele olhando para mim como se soubesse de todos os meus desejos e mentiras.

Passei estes meses com dores estomacais por causa desta história, por causa destes dois, quando os dois já sabiam um do outro sem problema algum. Achava que um sabendo do outro desistiriam de mim, mas o contrário aconteceu. Um sabia do outro, e cada um queria se fazer único.

– Marcos, não sei nem o que dizer...

– Não precisa dizer nada, Clarice, você está de saída. Vim só te deixar esse presente e desejar uma boa viagem... – E me puxou pelo braço e me deu aquele beijo de macho – na versão Marcos.

Hoje o dia estava animado. A macharada mostrando atitude e se posicionando. Esperei tanto por este momento, busquei tanto esta singularidade e agora não sei o que fazer com ela. Dizem que quem procura acha, mas o problema é o que fazer com o que achou.

Não sabia o que fazer com aquilo, porque não sei o que fazer com o que não estou acostumada a lidar. Em rejeição eu tinha mestrado e doutorado, mas nesta outra matéria ainda estava na pré-escola.

Por que esta enorme dificuldade em deixar alguém me amar? Em sair do controle das escolhas para deixar ser escolhida? Quando deixei de acreditar que poderia ser escolhida e que a partir da escolha, eu poderia escolher? Quando decidi que não queria lidar com isso, caso acontecesse?

Talvez tenha sido por isso que segui sozinha por esse tempo, escolhendo entrar em histórias que me deixariam sempre seguindo sozinha.

Entendia agora que minha ausência de amor próprio não deixava o amor para mim, chegar até mim.

E por que quando o bom chega, continuamos a procurar o ótimo?

Segurei o rosto do Marcos, olhei dentro de seus olhos e lá fiquei navegando. Agradecia com o olhar, fechei meus olhos e por um minuto fiquei atenta aos meus sentimentos, só que agora por ele com seu cheiro bom.

E entendi.

— Obrigada, Marcos, obrigada. Obrigada por tudo, por tudo mesmo. Sempre me surpreendendo.

— Não tem o que agradecer. Só me deixa gostar e cuidar de você. Você é uma mulher forte, mas precisa e quer um homem que cuide de você.

— Eu sei, mas agora não podemos ter esse papo. Preciso descer em cinco minutos, meu pai vai passar aqui para irmos para o aeroporto.

— Sua mala é só aquela? — e apontou para minha mala vermelha na entrada do corredor.

— Isso. Vou levar essa de mão também.

— Te ajudo a descer.

— Ok. Vou desligar os equipamentos, fechar as janelas e a gente desce.

— E a Chanel?

— Está na casa da minha mãe desde ontem...

Marcos me ajudou a fechar o apartamento e descemos. Meu pai já tinha mandado mensagem que estava lá embaixo. Apresentei os dois. Dei um longo abraço em Marcos, agradeci mais uma vez, passei a mão em seu rosto, entrei no táxi e fui para o aeroporto.

Capítulo 29

– O que foi Clarice, por que está nervosa?

– Eu nervosa, pai? Não estou...

– Tudo bem, vou agir como se não te conhecesse e fingir que acredito. Quer um café?

– Quero, pai, obrigada.

Sim, estava nervosa. Aquela situação sabida de Edu para com o Marcos e Marcos para com Edu, tudo na porta de casa, na boca do avião, estava me tirando a tranquilidade necessária para vivenciar Cuba com meu sensitivo pai.

Precisava de alguns minutos em digestão para deixar o que deveria ser deixado aqui e levar apenas na bagagem o "a descobrir".

Na verdade, o que me tirou a tranquilidade foi entender que eu teria que escolher uma estrada para seguir, nem que fosse sozinha.

Atravessei a primeira classe e a executiva invejosamente e segui até o meu assento na econômica, para constatar que a vida nem sempre é confortável como desejamos, mas que quando se tem amor ao lado é exatamente ali que queremos ficar.

Amar nem sempre é confortável e o amor precisa de espaço para existir.

Quando o avião decolou, levei comigo o essencial: meu pai e eu.

Ter ido à Cuba com ele foi um dos melhores presentes que poderia ganhar, aliás nos dar. A viagem foi maravilhosa, e teria sido maravilhosa também se tivéssemos ido para Paquetá, ou ali na esquina. Tivemos um encontro e isso foi muito importante para mim dentro deste enorme processo. Achava que meu pai não me aceitava, porém, era eu que não me aceitava nessa relação.

Os filhos têm disso, de tentar atingir uma expectativa que nós mesmos criamos do que nossos pais querem para nós.

Outro dia li uma frase ótima na internet: "Por muito tempo fui tudo que pude, agora sou tudo que quero".

A coisa vai bem por aí, liberdade é escolher, ser tudo o que se escolheu ser. Meu pai nunca não me aceitou ou esperou que eu fosse isso, ou aquilo, talvez ele quisesse que eu fosse isso ou aquilo, mas foi só um querer, porque o que os pais querem mesmo é que sejamos felizes. O isso ou aquilo pouco importa quando se trata de felicidade.

Tudo fica tão simples depois que passamos pelo complicado, não é mesmo?

Mas o que foi Cuba?

A escolha do lugar foi especial, posso dizer que singular. Tivemos descobertas, entendimentos e resoluções que em Paquetá ou ali na esquina não teríamos. Eu desabrochei e, segundo meu pai, ele entendeu coisas ainda não entendidas em setenta anos, o que me mostra claramente que as pessoas estão em constante evolução, mesmo quando achamos que não.

Algumas de nossas resoluções conversamos à luz das estrelas na beira do mar do Caribe, bebendo mojito e fumando charuto cubano. Depois de muita experimentação e degustação em Havana, Santiago de Cuba e em Santa Clara, local em que Che Guevara foi enterrado, essas resoluções ficaram naturais à beira mar. E que mar!

Não são todos que querem conhecer Cuba, ou que estão dispostos a interagir com realidades tão distintas e a repressão declarada ali encontrada nos moldes de um comunismo ultrapassado que trata os diferentes de forma igual, mesmo sabendo que são diferentes. A meritocracia não existe, mas existe uma aristocracia para poucos.

Só entendemos a abundância através da escassez e a liberdade através da privação.

Uma ilha pode ser um paraíso, ou uma grande prisão. E o contrário da liberdade é o medo.

Cuba não é perigosa, mas também não é ingênua.

Parar no tempo, às vezes é a opção para quem não quer trocar o certo pelo duvidoso, por ideologia, ou porque a fizeram acreditar que não é capaz e que o melhor é o que se tem hoje.

Simples e complicada de entender, assim como nós, em que o resultado que se tem está intimamente ligado à autoestima de um país, hoje fragmentado, na espera de um salvador.

Já fiquei tanto tempo parada a espera de um salvador... ao mesmo tempo, Cuba está tão distante do desenvolvimento e tão próxima da realidade emocional dos tempos atuais.

Voar não é fácil, se libertar muito menos, esquecer o passado então...

Fui até Cuba entender a liberdade, experimentar isso; e acho que meu pai também.

Que história política este país tem, que olhar aquele povo tem. É uma aula a cada esquina, com direito a trilha sonora. Um pulsar morto inacreditável, onde até o cheiro é diferente. Tem lugares que, por mais que a gente explique, só indo para conseguir entender... E Cuba é assim.

Respeito quem não quer ir, ver ou sentir certas coisas em plena viagem de férias. A vida pode ser sempre uma rede social, mas enxergar certas realidades nos faz tornar as coisas tão mais simples, e essa simplicidade entendida é maior do que qualquer felicidade falsa estampada em telas.

Quando estamos nesta onda de resoluções de orgulho emocional, viramos grandes poetas, sentimos que podemos abraçar o mundo, construir qualquer coisa, é quase como flutuar.

Se eu pudesse, pausava o tempo aí só com essa sensação. Não quero nunca mais voltar àquele "mimimi" interno de lamúrias. Agora entendi que ser capital de giro de mim mesma é bom pra caralho e que o "vai se foder como amigo" é a primeira opção, afinal, agora sou tudo que quero.

Vamos ver quanto tempo estes superpoderes vão durar. Agora vou ter só dias de Clarice superpoderosos. Ok, sei que baixas virão, a vida é essa montanha russa emocional e talvez por isso precisamos encará-la como fases, etapas, onde coisas, pessoas virão e irão. Não quero resolver tudo de uma vez só. A verdade é que não precisamos resolver tudo de uma vez só. Afinal, o que faríamos com o depois?

— Pai, aquelas são as três Marias?

— Sim, minha filha, e aquele é Saturno.

— Uma estrela cadente!

— Fez um pedido?

— Fiz!

— Qual?

— Mais um mojito! — E quase caí da espreguiçadeira, gargalhando.

Foram dez dias inesquecíveis. Voltei de Cuba com um sabor de hortelã vivo. Como é bom, aliás, fundamental, tirar férias. Esse distanciamento da rotina, de tudo, é o que nos faz melhorar. Mas era hora de voltar...

— Aquela mala ali é a sua, Clarice?

— É sim, pai, mas deixa que eu pego para não estourar sua hérnia. Depois fica todo torto aí reclamando. — E fiz uma mímica resmungona.

— Ok, vou resmungar lá no *free shopping*.

— A mamãe vem buscar a gente? — E empurrei o carrinho para atravessar pela porta automática do desembarque depois de passar tranquilamente na alfândega. Afinal, seria até uma ironia o consumismo vindo de Cuba.

— Falei que íamos de táxi, não tinha sentido ela vir nos buscar. Muito contramão e não fizemos intercâmbio.

— Para ela tenho certeza de que foi como se fossem seis meses, pai...

— Clarice! — ouvi uma voz familiar me chamar.

Olhei para trás e tomei um susto.

Me aproximei.

– O que você está fazendo aqui? Não te falei a hora do meu voo...

– Mas eu sabia a data, não foi difícil descobrir...

E ficamos ali parados nos olhando nos olhos, numa nova sensação continuada.

Depois de alguns segundos, ou minutos de descobertas, abri um enorme sorriso.

– Eu sabia que você estaria aqui.

– Jura?

– Sim, pedi para uma estrela cadente. Tudo bem que eu estava meio bêbada e achei que por isso ela não ia me atender, mas ela entendeu direitinho.

– É por isso que te amo, Clarice! É muito fácil te amar. Não sei quando você complicou isso...

– Nem eu. Tão bom saber que você está aqui...

E nos olhamos sorrindo.

– O que é isso na sua mão?

– Uma bola de Natal...

– Uma bola de Natal?

– É. Você quer escrever o meu nome nela?

– É tudo que eu mais quero...

Fechei os olhos e me deixei flutuar em seus beijos e braços.

Amanhã? Para que pensar nisso agora? Pode ser dias de Clarice, Ana, Flávia, Márcio, Paula, Marcos, Edu... Vai saber?